dtv

Man lernt nie aus und die wichtigsten Dinge manchmal erst nach der Schule. Ein besonders reichhaltiges Angebot an Kursen, in denen man erfährt, was man immer schon wissen wollte, aber nie zu fragen wagte, gibt es in New York. »Wie werde ich unwiderstehlich« oder gleich gar »ein neuer Mensch«, »Wie schreibe ich in drei Wochen ein Buch« (bei Zeitmangel empfiehlt sich das Angebot »Französisch lernen in drei Stunden«), »Wie werde ich ein Porno-Star« und natürlich »Wie angle ich mir einen Millionär«: im Land der unbegrenzten Möglichkeiten gibt es für all diese Fragen schnelle Hilfe. Gerhard Waldherr hat die absonderlichsten Kurse besucht und dabei auf alle Fälle einiges über Amerika gelernt, à la: auch Halbwissen ist schon der volle Erfolg!

Gerhard Waldherr, geboren 1960, war Sportredakteur bei der ›Süddeutschen Zeitung‹ und Reporter beim ›stern‹. Seit 1996 arbeitet er freiberuflich in den USA, überwiegend für ›Geo‹ und die ›Süddeutsche Zeitung‹.

Gerhard Waldherr

Amerika, du hast es besser

Lektionen aus dem Land der
unbegrenzten Möglichkeiten

Deutscher Taschenbuch Verlag

Originalausgabe
März 2001

www.dtv.de

Umschlagkonzept: Balk & Brumshagen
Umschlagbild: © Peter de Sève
(erstmalig veröffentlicht als Titelbild von ›The New Yorker‹)
Satz: KCS GmbH Buchholz/Hamburg
Gesetzt aus der ITC Galliard 10,25/12,25·
Druck und Bindung: C. H. Beck'sche Buchdruckerei, Nördlingen
Gedruckt auf säurefreiem, chlorfrei gebleichtem Papier
Printed in Germany · ISBN 3-423-20404-4

Inhalt

* Die Kurstitel sind exklusives
Eigentum von Learning Annex of New York

Vorwort

Wie alles anfing? Wie ich ständiger Kursbesucher bei Learning Annex wurde? Nun, erst mal sollten Sie wissen, worum es sich bei dieser uneingeschränkt empfehlenswerten Einrichtung handelt.

Learning Annex bietet in mehreren amerikanischen Großstädten gegen eine relativ geringe Gebühr eine Vielzahl von Vorlesungen an. Es wäre einer Volkshochschule nicht unähnlich, wenn das Programm nicht über den Umgang mit Computern und die Einführung in Fremdsprachen weit hinausginge. Im Angebot sind bei Learning Annex unter anderem auch Weinproben, Yoga, spirituelle Selbstfindung, Partnervermittlung, Raucherentwöhnung und Businesskonzepte für erotische Websites oder Waschsalons. Und es ist immer wieder erstaunlich, welch großer Beliebtheit sich das alles erfreut.

Das könnte daran liegen, daß die staatlichen Schulen in den USA ihrem Lehrauftrag nicht immer gewachsen sind, weshalb wiederum viele Amerikaner mit schmerzlichen Wissenslücken ins richtige Leben entlassen werden. Ganz sicher aber liegt es daran, daß sie glauben, man könne dieses Manko mit bescheidenem Aufwand und Abendkursen beheben. Von ihrer grenzenlosen Neugierde und reichlich unverkrampftem

Umgang mit den abstrusesten Inhalten ganz abgesehen. ›How to Talk to Your Cat‹ oder ›How to Drive Your Woman Wild in Bed‹ wären nur einige von Learning Annex' unkonventionelleren Highlights.

Und ich?

Ich zog vor einigen Jahren nach New York. Schon mal da, ging ich zu einer Party und versuchte, mich zu unterhalten. Es gelang nicht wirklich. Dann ging ich mit einer bezaubernden Dame aus und versuchte, sie zu beeindrucken. Es mißlang gründlich. Schließlich beschloß ich, mich an das zu halten, was mir vorgelebt wurde und war, weil alle Amerikaner das in geradezu aufdringlicher Form sind, so nett, jemandem einen mir kostbaren Gegenstand zu borgen. Das ging erst recht daneben.

Kurzum, meine Assimilation verlief schleppend. Ich verstand nicht, was man wann und wie tut und sagte und handelte im Zweifelsfall falsch. Die Folgen ließen mir Amerika als solches rätselhaft, vor allem aber Amerikaner als wundersame, eigenwillige Geschöpfe erscheinen.

An einer Straßenecke in Midtown Manhattan entdeckte ich eines Tages einen Plastikkasten mit einem Stapel des vierteljährlichen Prospekts von Learning Annex. Und, potzblitz, darin fand sich doch glatt eine Antwort auf all meine Probleme. Gepflegte Konversation? ›How to Talk to Anybody About Anything‹. Erfolgreiches Flirten? ›How to Make Someone Fall in Love With You‹. Smarter Umgang mit Nettigkeiten? ›Stop Being Nice‹. Ich ging überall hin und erlebte unterhaltsame Stunden von hohem Nutzwert. Leben heißt lernen. Und so machte ich weiter. ›How to Write a Book‹. ›How to Lose Weight‹. How to dies. How to das.

Das Fazit? Ich begegnete einem Häuptling, einem Erfinder, einer ehemaligen Pornoschauspielerin, mehreren Hexen und meinem persönlichen Engel, ich lernte Martinis mixen, alles über Aktiensplits und einiges mehr. Und selbst wenn ich nicht immer alles kapierte, manches nie anwenden und anderes schwerlich ernst nehmen konnte, so habe ich doch das Gefühl, daß ich nirgendwo mehr über Amerika und erst recht die Amerikaner erfuhr, als bei diesen Kursen.

P.S.: Alle Texte erschienen unter dem Titel »Amerika auf der Schulbank« als Serie in der Wochenendbeilage der ›Süddeutschen Zeitung‹. Sie wurden für dieses Buch wieder in die ursprüngliche Länge gebracht und inhaltlich nachbearbeitet. Zu großem Dank verpflichtet bin ich der zuständigen Redakteurin der SZ, Karin Steinberger. Ohne ihre Initiative wäre die Serie nicht entstanden, ohne ihre sachkundige Bearbeitung und ihren persönlichen Einsatz wäre sie weder in dieser Form noch in diesem Umfang möglich gewesen.

How to Change Your Identity
Wie werde ich ein neuer Mensch

Wie es der Zufall so wollte, stand am selben Tag eine Story in ›USA Today‹, Sektion A, Seite 3. Ein wohlhabender Mann aus Palm Beach, Florida, angesehen, beliebt, Förderer des Opernhauses, wurde verhaftet. Vor 19 Jahren hatte er seine beiden kleinen Töchter entführt und war spurlos verschwunden. Die Ehefrau und Mutter hatte nie wieder etwas gehört von den Mädels und dem Typen, der damals noch Stephen F. hieß. Nun hatte man ihn also aufgestöbert unter dem Namen William M., selbst seine jetzige, vierte Gattin wußte von nichts. Sie wußte nur, daß er überall erzählte, mal Professor in Harvard gewesen zu sein, später beim CIA und eine große Nummer in Washington unter den Präsidenten Nixon und Carter. Nach seinem früheren Leben befragt, pflegte der Mann stets vorzugeben, als ehemaliger Geheimnisträger sei er gegenüber jedem zu Schweigen verpflichtet.

»Ein schöner Fall, darauf kommen wir schon noch«, sagt Vincent Parco ungeduldig zum ersten Fragesteller, der wissen will, wann es losgehe. Parco blickt nervös zur Türe. Was für ein Andrang. Inzwischen sind schon keine Stühle mehr frei im Klassenzimmer der kleinen High School auf der New Yorker Upper East Side. Etwa 50 Menschen, Altersdurchschnitt 45 plus, sitzen gekrümmt in engen Schulbänken und starren auf die Schiefertafel mit den Gleichungen aus dem Mathematikunterricht vom Vormittag. Es ist halb sieben abends, und der Privatdetektiv Vincent Parco beginnt seinen Vortrag ›How to Change Your Identity‹ mit der Frage: »Haben wir uns nicht alle schon mal gewünscht, spurlos zu verschwinden, den ganzen Mist hinter uns zu lassen, uns zu verpissen?« Kopfnicken im Plenum. Immer noch kommen Leute, die Schlange reicht nun bis auf den Flur. Parco: »Jeder wollte schon mal raus aus seinem Leben. Und wissen Sie was? Es ist leichter als man denkt.«

Vincent Parco ist klein und dick und sieht ein bißchen aus wie Lieutenant Kojak. Man würde sich nicht wundern, säße er wie die Filmfigur tagsüber vor einer Pappschachtel süßsaurer Shrimps mit Reis in einem x-beliebigen Polizeirevier in Manhattan Süd. Vielleicht durfte er deshalb mal zu Oprah Winfreys Talkshow. Jedenfalls hat er einen Glatzkopf, die Bilderbuchvisage eines Bullen und trägt einen billigen Anzug mit Pepitamuster. T-Shirt drunter. Das Klischee lebt. Klar war er früher mal Cop, hat für das New York Police Department herumgeschnüffelt, meistens Steuersachen, Korruption. Vielleicht würden ihn aber alle jetzt nicht so ehrfürchtig anstarren, wenn sie wüßten, daß er inzwischen als Chef einer Detektei bloß noch kleine Ganoven aufstöbert, die ihre Schulden nicht bezahlen oder Taugenichtse, die mit dem Unterhalt im Rückstand sind. Und abends geht er dann gerne in Topless Bars und hängt mit Luden herum. Aber das erzählt er jetzt nicht, jetzt ist er derjenige, der den Schlüssel hat für den Ausstieg. Exit neue Existenz.

Unser Meisterdetektiv erzählt zunächst einmal, daß es in den USA legal sei, seine Identität zu verändern, »es sei denn, man tut dabei oder beabsichtigt damit etwas Illegales«. Das muß er erwähnen, denn sonst kriegt er womöglich eine Millionenklage an den Hals wegen Beihilfe zur Vertuschung einer Straftat. Oder auch bloß Berufsverbot. Man kann schließlich nie wissen. Meldet sich ein älterer Herr hinten links und sagt: »Was, wenn ich untertauchen will, weil mich meine Frau zu Tode nervt?« Parco: »Jetzt sind wir beim Thema, den meisten geht es wohl so. Diejenigen, die tatsächlich verschwinden, sind allerdings in der Regel pleite.« Nach Rockefellers Erben sehen seine Schüler allerdings auch nicht aus. Und was nun kommt, ist nicht immer legal, garantiert unmoralisch und höchst dubios. Kurzum, drei Stunden später wissen die Anwesenden, daß sie zum Gelingen der Mission begnadete Lügner und herzlose Individuen sein müßten oder die psychische Stabilität eines Bankräubers haben, gepaart mit der Intelligenz eines Atomphysikers. Am besten alles zusammen.

Für den Anfang hat Parco eine bestechende Gebrauchsanleitung ausgearbeitet. 1. Besorge dir eine Geburtsurkunde auf einen anderen Namen. 2. Man braucht eine Geburtsurkunde auf einen anderen Namen. 3. Eine Geburtsurkunde auf einen anderen Namen ist unerläßlich. Schon werden fleißig Notizen gemacht. Eine Geburtsurkunde, weiter sei erst mal nichts nötig, doziert der Experte aus der Welt des kleinen Verbrechens und der großen Schummeleien. Dazu müsse man in eine Bibliothek gehen, möglichst in einem anderen US-Bundesstaat, in einer alten Zeitung die Todesanzeigen studieren und dann Geburtsort und Geburtsdatum eines Kindes notieren, das im eigenen Geburtsjahr gestorben sei. Der Rest? Einfacher als Taschendiebstahl. »Dann geht man zum Amtsgericht des zuständigen Bezirks, gibt sich unter diesem Namen aus und sagt, man habe seine Geburtsurkunde verloren. Wenn man die neue hat, macht man einen Führerschein und legt als Legitimation die Geburtsurkunde vor. Mit dem Führerschein besorgt man sich einen Paß und eine Sozialversicherungsnummer. Bingo.«

»Äh, wirklich«, sagt jemand erschüttert. Man nehme den Fall aus ›USA Today‹, sagt Parco. Dieser Mann habe das wohl so gemacht. Oder er habe seinen Tod vorgetäuscht und sich gefälschte Papiere besorgt, aber das würde er nicht empfehlen. »Wieso?« fragt der Mann von vorhin zurück. Ein tadelnder Blick unseres zweifelhaften Dozenten. Parco: »Das ist verboten. Sagte ich nicht: keine illegalen Tricks!« Also, er könne nur spekulieren, was diesen Stephen F. angehe, was er aber wisse, sei, meint Parco, daß die Nummer mit der Geburtsurkunde tausendprozentig funktioniere. Wenngleich seine Empfehlung für die weitere Vorgehensweise schon ein bißchen komplizierter klingt: kein Telefon, keine Kreditkarten, kein Bankkonto benutzen, Briefe weit entfernt vom Wohnort einwerfen, am besten wieder in einem anderen Bundesstaat, Anrufe über Auftragsdienste entgegennehmen, Vergangenheit eisern verschweigen, neue Story erfinden. Ach ja, und natürlich bräuchte man einen Haufen Kohle, Bargeld satt. Vermutlich sei der Mann in Florida reich gewesen. Für Parcos Kurs (39 Dollar) ist das nicht weiter nötig.

Inzwischen stellt man sich bereits sein neues Leben vor. Vielleicht als Surflehrerin in Kalifornien oder Pizzabäcker in Alabama, da sagt Parco: »Jetzt kommen wir zum eigentlichen Problem: die alte Identität ablegen.« Man könne sich nämlich gar nicht vorstellen, welche emotionale und psychische Belastung damit einhergehe, ein neues Leben zu beginnen, man lebe schließlich täglich mit der Angst, entdeckt zu werden. Es sei wie ein Schachspiel. Man müsse ständig sechs Züge im voraus denken. »Und die meisten machen irgendwann einen Fehler.« Man hatte es geahnt, es muß einen Haken geben. »Frauen«, sagt Parco, »Frauen sind die größte Gefahr. Wer seine Mutter besucht, oder der Geliebten zuviel ins Ohr säuselt, ist selber schuld.« Erst neulich wieder sei der New Yorker Polizei ein Mörder in die Hände gefallen, weil er sich immer wieder mit seinem Herzblatt traf. Immer zur selben Zeit, stets im selben Motel in New Jersey, der Idiot. Parco: »Jeder Polizist, jeder Detektiv sitzt bei Frauen vor dem Haus und wartet.« Den Mann aus Florida hatte man geschnappt, als er seine Tochter in New York anrief, während die Polizei danebenstand. Parcos Ratschlag: »Am besten ohne weibliches Element leben.«

Das hört sich für die überwiegend männlichen Besucher offenbar an wie eine Einladung zur verschärften Folter. Mucksmäuschenstilles Klassenzimmer. Parco: »Hat noch jemand Fragen?« Und ob. Man will ja nicht kleinlich sein, aber was ist, wenn der Beamte, der die Geburtsurkunde ausstellt, mit dummen Fragen kommt? Parco: »Woher kommen Sie?« Äh, Germany. Da lacht Parco und sagt irgendwas von Gestapo-Staat und daß man in diesem Land schon einen Eintrag ins polizeiliche Führungszeugnis bekäme, wenn man im Supermarkt einkaufe. »In Amerika haben Dokumente eine ganz andere Bedeutung, so genau paßt man hier nicht auf.« Außerdem seien Amerikaner mobil, heute hier, morgen da. »Wer glaubt, daß da jemand bei einem Fremden stutzig wird?« Außer dem Fragesteller aus dem Gestapo-Staat scheinbar niemand. Nebenan werden wieder eifrig Notizen gemacht. Die Hoffnung auf ein neues Leben ist wohl verlockender als die Aussicht auf die zahllosen Kalamitäten. Ein dürrer, alter Chinese fragt, ob es Bücher gebe zur Vorbereitung. Parco sagt, er kenne einen Laden im Greenwich Village. Der Chinese fragt, wo das sei und ob es da eine U-Bahn-Station gebe.

Dann ist Schluß. Der Privatdetektiv Vincent Parco zwängt seine bulligen Schultern in sein Jackett und sagt, zur Vorbereitung auf das schwierige Unterfangen, mal schnell Zigaretten holen zu gehen und alles hinter sich zu lassen, für immer und ewig, dafür empfehle er intensive Schulung durch einen Privatdetektiv. Er mache so was für 110 Dollar pro Stunde. »Mein Job ist es, potentielle Ausreißer wie Sie zu finden, deshalb kann ich Ihnen auch sagen, woran ich mir die Zähne ausbeiße.« Überraschenderweise hat er ganz viele Visitenkarten mitgebracht.

How to Write a Book on Anything in 3 Weeks

Jeder hat einen Bestseller in sich

Der große Ernest Hemingway hat mal gesagt, die beste Voraussetzung, um ein Buch zu schreiben, sei eine unglückliche Kindheit. Und hat nicht Frank McCourt bloß drei Sätze verschwendet, ehe er die Sache auf den Punkt brachte mit jenem Satz, der gewissermaßen die Ouvertüre bildet für die folgenden 497 Seiten ironischen, melodramatischen und dabei schmerzlich hinreißenden Jammers? McCourts vierter Satz in seinen irischen Erinnerungen mit dem Titel ›Die Asche meiner Mutter‹ jedenfalls lautet: »Natürlich hatte ich eine unglückliche Kindheit; eine glückliche Kindheit lohnt sich ja kaum.«

Nun sieht man aber an diesem Abend den Anwesenden ihre Kindheit kaum noch an, zumal die meisten schon älter sind als Hemingway jemals geworden ist und fast so betagt wie McCourt; und der hat bekanntlich erst angefangen zu schreiben, als er in Pension ging. Und dummerweise fragt die Lehrerin ihre Schüler auch gar nicht danach aus, sondern stöhnt bloß entsetzt: »Also, eigentlich hätten wir heute Tische haben sollen, na, das ist aber unangenehm.« Haben wir aber nicht, respektive ist es in der Tat. Heute sollen wir nämlich lernen, wie man ein Buch schreibt, und weil, wie Miss Kathleen Kerns sagt, »Schreiben gar nicht so schlimm ist«, verspricht sie zu erklären, wie das in drei Wochen zu schaffen sein soll. Oder weniger, denn, sagt Miss Kerns, »es gibt eine Untersuchung, die besagt, daß alles, was man in drei Wochen nicht überwunden hat, entweder ein Kraftakt wird oder Murks«. Da fiele einem die eigene Kindheit ein, aber das ist nun wirklich eine andere Geschichte.

Wir haben keine Tische, also fangen wir konsequenterweise gleich an zu schreiben. Fünf Minuten, sagt die Fachfrau hinter dem Pult, eine kleine rundliche, energische Person, die als Beraterin für Drehbuchautoren angekündigt wurde. Fünf Minuten Schreiben über irgendwas. Wenn man nichts schreiben könne, schreibe man am besten darüber, daß man nichts schreiben könne. Nichts ist nicht viel, weshalb Elliot, Mitte 40, Bankangestellter und Gelegenheitsautor für eine kleine Zeitschrift auf Long Island, später in der Pause etwas indigniert sagen wird: »Was ich brauche, sind keine Schulaufgaben, sondern ein Konzept, wie man es macht.« Elliot wird dann noch erzählen von dem Haufen Kohle, den die Grishams und Stephen Kings dieser Welt einstreichen würden, und daß es ihn immer fasziniert habe, wie manche Menschen soviel schreiben könnten und was denen alles einfiele: »Einen Schmöker nach dem anderen runterhacken, das würde ich auch gerne können.« Elliots Ergebnis der Fünf-Minuten-Übung umfaßte sechs Sätze. Der letzte: »Die restlichen vier Minuten lasse ich ohne Schreiben verstreichen.«

Miss Kerns ist schlau, denn mit dem kleinen schriftlichen Aufgalopp kommt sie zu einem der Kernelemente für angehende Schriftstellerkarrieren: »Erst mal muß man anfangen zu schreiben, alleine schon, um keine Schreibhemmung aufkommen zu lassen.« Das sei wie Jogging am Morgen, die tägliche Fingerübung halte den Geist in Schwung und die Worte im Fluß. Folgte der Kernssche Umkehrschluß: »Wer nicht schreibt, schreibt kein Buch.« Alle Schüler mußten nun erklären, warum das bei ihnen zutreffe. Die meisten monierten Angst vor dem Scheitern, ein paar behaupteten, sie hätten keine Zeit, eine ältere Dame mit Wollmütze, auf die, besser gesagt, auf deren Katze Kittycat wir später noch kommen werden, erklärte, sie habe eigentlich den zur selben Zeit im Nebenraum anberaumten Kurs für die Gestaltung von Blumenbouquets gebucht; der sei aber ausgefallen. Miss Kerns sagt nun aufmunternd: »Wir alle haben das Bedürfnis zu schreiben, wir alle haben Geschichten in uns, einen Alkoholiker als Vater, eine gescheiterte Liebschaft, Visionen, einmal der gefeierte Held zu sein, wir alle haben etwas zu erzählen, man muß nur daran glauben, daß sich jemand dafür interessiert. So fängt alles an. Wir wissen nicht, was wir erreichen können, bevor wir es nicht versucht haben.«

Es glaubt einem jetzt sowieso wieder keiner, aber Miss Kerns hat auf die Frage des einzigen jungen Herrn in der Klasse, wo er denn anfangen solle, er habe schließlich noch nicht soviel erlebt, gesagt: »Denken Sie einfach an Ihre Kindheit, da wird doch wohl jede Menge passiert sein.«

Man muß sagen, der Kurs ist spannend. Denn die Beraterin stellt nun ruckzuck ein Organigramm auf, mit dem man die Sache in den Griff bekommt. Mit Strategie. Es fängt damit an, daß man alle Störfaktoren (Telefon, Fernseher, Kinder, Haustiere, Kühlschrank) aus seinem Leben verbannen müsse. Danach: Ziel setzen, Ordnung schaffen, Plan ausarbeiten. Durchschnittlich habe jedes Buch zehn Kapitel à 20 Seiten à 250 Wörter. Also, zehn Kapiteltitel ersinnen, für jedes eine Klarsichthülle anlegen, mit Material füllen, Vokabeln zählen. »Machen Sie Ihre Hausaufgaben«, sagt Miss Kerns, »gehen Sie in die Bibliothek, in den Buchladen, studieren Sie alles, lassen Sie Ihren Geist fliegen, sprechen Sie

Ihre Ideen auf ein Tonbandgerät und verpflichten Sie sich zu absoluter Disziplin.« Nichts solle einen vom großen Ziel abbringen. Staub auf dem Fensterbrett? Bleibt liegen. Wenn draußen die Sonne scheint? Geht man nicht ins Freibad. Probleme mit Grammatik und Rechtschreibung? Macht der Lektor. Den Überblick verloren? Nicht möglich, man arbeitet in Etappen, zweimal täglich fünf Seiten oder fünfmal täglich zwei Seiten. Mit Arithmetik und Fleiß zum Literaturnobelpreis? »Warum nicht«, meint Miss Kerns, »betrachten Sie alles als eigene Auftragsarbeit, Unterbrechungen sind nur gestattet, wenn ein Familienmitglied zu verbluten droht oder das Haus brennt.«

Wer hätte gedacht, daß man mal einen plausiblen Grund haben könnte, warum einem die ganze Welt den Buckel runterrutschen kann? Daß einen vom Bestseller nur ein bißchen asoziale Attitüden und antrainierter Autismus trennen? Die Aussicht dringt in die angehenden Literaten wie eine Überdosis Weckamine. Begeisterung macht sich breit. Und als Miss Kerns fragt, »nun, wie soll der Titel Ihres Buches lauten?«, fliegen die Hände in die Höhe. »Love Conspiracy«, meint der junge Herr mit leuchtenden Augen. »Dreamin' of Kittycat«, sagt die Dame mit der Wollmütze: »Sie ist so ein zauberhaft geschmeidiges Rätsel, daß ich stundenlang von ihr erzählen könnte.« Ein anderer, dessen Flugzeug auf dem Weg nach Lateinamerika notlanden mußte, ruft: »Ha, ›Das Flugzeug, das nie ankam‹. Vielleicht sollte ich Kannibalismus unter den Passagieren einbauen, dann wird es womöglich ein Kinofilm.« Elliot fragt, wie man sich einen Agenten besorgt und bekommt einen Rüffel von Miss Kerns: »Ohne Buch geht das sowieso nicht.« Und dann ist da noch eine Lady in hochgeschlossenem navyblauem Kostüm mit goldenen Knöpfen, eine distinguierte Frau mittleren Alters, dezent geschminkt, die nach Geld aussieht und glücklicher Kindheit. Sie haucht feierlich: »Mein Buch würde heißen: ›Oranges and Ornaments‹.«

Orangen und Ornamente. Wunderbar. Die Worte hingen im Raum, und wer weiß, was die Anwesenden in diesem Moment vor Augen hatten. Vielleicht waren da plötzlich längst versunkene Erinnerungen an Sonnenschein, gleißendes Licht über weiten Feldern und einen August voller Zwetschgenbäume, Limonade in schwitzenden Glaskrügen und Teiche mit springenden Forellen in der Abenddämmerung. Poesie? Vielleicht ist am Ende alles tatsächlich nicht so schwer. Ein Ziel, ein Plan, eine überschaubare Anzahl Kapitel für Geschichten, hinter denen ein Kosmos an Empfindungen liegt. Und den hat schließlich jeder.

»Prima«, sagte Miss Kerns, »wir schreiben einfach alles über Orangen, sieben Minuten Zeit.« Und natürlich durfte die vornehme Dame am Ende vorlesen. Ihr Text ging in etwa so: »Ich könnte erzählen, wer ich bin und woher ich komme. Aber das tut nichts zur Sache. Ich bin die Erzählerin, an die Sie, verehrter Leser, sich zu gewöhnen haben, wenn Ihnen der Sinn steht nach der Geschichte, in der der Orangenbaum blühte wie nie wieder nach diesem flirrenden Sommer. Sie fanden die Leiche kurz nach dem Mittagessen mit gespaltenem Schädel und zwei wachsweißen Blütenblättern auf dem linken Auge. Aber das ist erst der Anfang.« Und dann atmete sie schwer und zufrieden. In die stille Ergriffenheit ihrer schwelgenden Schüler, sagte Miss Kathleen Kerns dann noch: »Jeder von uns hat ein Buch in sich, und manche könnten es sofort schreiben. Es gibt nämlich eine Menge Leute, die sind Genies von Kindesbeinen an.« Dann sagte sie noch, die meisten seien es nicht. Aber das hat schon niemand mehr gehört.

How to Turn Any Idea into Millions of Dollars
Geistesblitze für die Konsumwelt

Große Worte, kleine Taten: dazwischen spielt sich ja selten was ab im richtigen Leben. Angekündigt war ein Abend mit einem Herrn namens Stanley Mason. Und im monatlichen Veranstaltungskatalog von Learning Annex stand, es handle sich um einen von Amerikas führenden Erfindern. Dahinter stand ein Ausrufezeichen. Was sonst, Fragezeichen. Thema des Vortrags: ›How to Turn Any Idea into Millions of Dollars‹. Ausrufezeichen, Fragezeichen, ungläubiges Staunen. Als ob das so einfach wäre.

Schon sind wir wieder im stickigen Klassenzimmer einer Berufsschule zwischen Fifth und Madison Avenue und warten auf einen tollen Hecht, der uns den Weg weist in eine fulminante Zukunft. Nun kann es einem in New York jeden Abend passieren, daß man versehentlich in den falschen Stadtteil gerät und dort an Menschen mit wichtigen Frisuren und theatralisch angelegtem Gehabe, die, wie sie nicht müde werden zu behaupten, Hollywood-Drehbücher schreiben oder einen Haufen Kohle machen mit Aktien oder Immobilien. Aber das glaubt man ihnen sowieso nicht, und langweilt sich dann fürchterlich bei soviel Großartigkeit, und es ist wenig tröstlich, daß das schale Bier fließt an der Theke eines

In-Lokals mit In-Design zu In-Musik. Wenig tröstlich alleine schon deshalb, weil ein kleines Bier zwölf Mark kostet.

Zurück zu Stanley Mason. Jetzt kommt er, ein wenig atemlos, weil der Aufzug nicht funktioniert und er sich in den fünften Stock schleppen mußte. Es handelt sich um einen kleinen, gemütlichen, etwas schusseligen Mann mit rundem Gesicht, der allerdings auch schon sehr alt ist. Weshalb man ihm verzeihen muß, daß er schwer hört. Das sei in China passiert, vor vielen Jahren. Jemand habe eine Signalpistole neben seinem Ohr abgefeuert, irgendwas mit dem Trommelfell, dumme Sache. Und weil er, warum auch immer, auch noch sehr leise spricht, hat er Frau Mason mitgebracht, mit der er seit 56 Jahren verheiratet ist. Die, graues Haar, große Brille, sitzt in der letzten Reihe und winkt nun mit ihrer Handtasche (»Hello, everybody!«). Mr. Mason sagt: »Mrs. Mason weiß alles über alles, und Sie können ja in der Pause Mrs. Mason fragen, wenn Sie mich nicht so gut hören können.« Was für ein Prolog für einen Mann, der so blitzgescheit sein soll, daß man mit seiner Hilfe zackoflex zu einer steinreichen Version von Daniel Düsentrieb mutiert.

Das Schöne an diesem Abend ist, daß man es mit jemandem zu tun hat, den man nicht nach der äußeren Erscheinung beurteilen sollte. Diesmal bloß andersrum. Das mit dem führenden Erfinder stimmt nämlich. Herr Mason hat für Proctor & Gamble (Klopapier u.a.) gearbeitet, für Johnson & Johnson (Schuhwichse u.a.) und Frito Lay (Kartoffelchips u.a.), um nur einige zu nennen. Die gehören wie 22 seiner weiteren Kunden zu den 500 größten Konzernen Amerikas. Und Herr Mason hat tatsächlich Millionen gemacht, was in seinem Fall angenehmerweise gar nicht zu erkennen ist bei seinem verknitterten, abgetragenen Anzug. Das hilft den Schülern schon mal, Mut zu fassen für ihre großen Vorhaben.

Den können sie gebrauchen. Masons Publikum kommt nämlich mit Ausnahme ein paar bleichgesichtiger Herren mit hinter die Ohren geklemmten Kugelschreibern aus allen erdenklichen Ecken des Planeten. Es ist ein schwarz-braun-gelbes Völkergemisch, das leise, bescheiden und schüchtern der Dinge harrt und dem die Hoffnung auf ein Leben in Luxus und Wohlstand so unübersehbar ins Gesicht geschrieben steht, daß es beinahe weh tut. Koreanerinnen, Chinesen, armenische Juden, Mexikaner, betörende Schönheiten aus Puerto Rico, ein muslimisches Ehepaar ist da, sie das Gesicht verhüllt bis unter die Brille, Afrikaner auch. Ach, Amerika, du hast es besser. So viele bunte Figuren, soviel exotische Einflüsse, und jeder kann sein Glück machen, egal wie er aussieht, egal welche fremdartigen Erfahrungen er mitgebracht hat oder vielleicht gerade deshalb.

Man nennt Amerika gerne das Land der unbegrenzten Möglichkeiten, The Land of Opportunity, wie das hier heißt. Das galt für die Brüder McDonalds und Bill Gates, für den kunstfertigen Scharlatan Andy Warhol und den Hosenschneider Levi Strauss. Amerika ist das Land, in dem man früher mal als Tellerwäscher anfing und als Rockefeller oder Carnegie endete und heute von solchen Höhenflügen wenigstens immer noch träumen kann. Nach dem Motto: Think big. Oder um es mit Phil Knight zu sagen, der vor noch nicht allzu langer Zeit ein Stück Gummi mit Profil auf einen Turnschuh geklebt hat, seine Firma nach der antiken griechischen Siegesgöttin Nike benannte und die Welt beglückte mit dem Sinnspruch: Just do it. Stanley Mason ist der lebende Beweis, daß es funktioniert. Mason: »Sie müssen nur Ideen haben. Und offensichtlich sind Sie alle hochkreative Leute, sonst wären Sie nicht hier.«

Am besten läßt man nun den Meister von seinen Ideen

erzählen. So viele schöne Geschichten. Da war die Sache mit der Ketchupflasche, aus der, »wie wir alle wissen, immer nichts rauskam. Ich dachte mir, wenn man Glas quetschen könnte, ginge es«. Glas kann man nicht quetschen, aber Plastik. Masons Vorschlag machte Furore und er perfektionierte sein Modell wenig später mit einem ultragroßen Stöpsel, wodurch man die Pulle auf den Kopf stellen konnte. Dann kam die Windel. »Als Mrs. Mason und ich unsere erste Tochter bekamen und ich sie wickelte, fiel mir auf, daß die blöde Windel viereckig war und das Baby rund.« Und so schnippelte er an Papierschablonen herum, bis er den Prototyp fertig hatte, aus dem die Pampers wurde. Als das Baby erwachsen war, hat es für Daddy mal dessen Konstruktion einer Damenbinde testen müssen. Und dann war da noch der Granola-Müsliriegel, den Mr. Mason erfand, weil er sich dachte, ein Frühstück, das man in die Hosentasche stecken könne, wäre eine feine Sache. Mason: »Ich habe alles aus dem, was auf dem Frühstückstisch stand, zusammengeschüttet. Und dann? »Zuckerwasser«, sagt Mason, »Zuckerwasser war der Trick, damit klebt alles.« Spinnereien eines weltfremden Tüftlers? Von wegen, Geistesblitze, die die Konsumwelt veränderten.

Während Stanley Mason referiert, zieht er ein Produkt nach dem anderen aus einem zerschlissenen Koffer. Der Playtex-BH ist dabei, Gummihandschuhe mit Baumwollfütterung und ein Sack Kartoffelchips, für den er ein Verschlußverfahren erdachte, das dem Hersteller zwei Cents Produktionskosten pro Packung sparen half. Und zwischendurch poltern die Einzelteile eines Blumenkastens heraus, der Pflanzen vor Überwässerung schützt. Man muß ihn lieben, den alten Herrn, der sagt: »Machen Sie keine hochkomplizierten Dinge, machen Sie Sachen, die die Menschen wirklich brauchen und die ein Produkt verbessern.« Ingenieur werde man auf der Universität, Erfinder im Alltag. Das mit dem Blumenkasten fiel ihm ein, als er irgendwo las, daß 90 Prozent aller US-Familien mehr als zwölf Topfpflanzen besäßen, von denen mindestens eine konsequent ertränkt werde. »Ideen«, sagt Stanley Mason, »kommen einem nicht aus dem Blauen heraus, Ideen kommen, wenn man etwas gut beobachtet und viel weiß.«

Schade, daß niemand im Plenum nun wissen will, daß man lesen müsse und basteln und probieren und immer wieder lernen und lernen, probieren, basteln, lesen, wie Mr. Mason sagt. Nicht wenige werden darob ungeduldig. Erst recht, als Mason auch noch erzählt, er habe schon im College jeden Kurs belegt, der im Angebot war und sei es nur der für Laubsägearbeiten oder Getreideanbau gewesen. Die Anwesenden wollen zum Punkt kommen, schließlich wollen alle ganz schnell reich werden und fragen ihm deshalb ein Loch in den Bauch. Wieviel kann man mit einer Erfindung verdienen? Wie wichtig ist ein Patent, damit man nicht um die Kohle betrogen werden kann? Wieviel Provision nimmt man, wenn man in Lizenz produzieren läßt? Braucht man einen Anwalt? Wieviel kostet die Fertigung im Normalfall? Und überhaupt, will eine besonders ungeduldige junge Dame wissen: »Wie weiß ich, daß meine Idee Millionen macht?«

Mr. Mason sagt, das wisse man gar nicht. Mr. Mason sagt, er wisse nur, »gute Ideen verkaufen sich von alleine«. Patente, Lizenzen, Anwalt, Geld, das sei wichtig. Planung, Präsentation, Verhandlungen, auch das sei von Belang. Aber entscheidend sei, daß die Industrie »immer auf Inspirationen wartet, an denen sie verdienen kann«. Und dann kauften sie einem das schon ab, »weil sie Angst haben, man geht damit zur Konkurrenz«. Einmaleins des Kapitalismus. Warum die nicht selber auf Ideen kommen? Mason: »Waren Sie mal in einer großen Firma beschäftigt? Große Firmen verhindern das Denken. Und alles, was Sie brauchen, sind Gedanken und das Wissen, wie Dinge funktionieren.«

So endet der Abend mit tosendem Applaus für einen ebenso beeindruckenden wie drolligen älteren Herrn, der zum Abschluß sagt: »Ich weiß nicht, was Sie haben müssen, um ein Erfinder zu werden. Bei uns waren es Mrs. Mason, ich und eine Garage. Also gehen Sie nach Hause und fangen Sie an, Ihre Einfälle zu verwirklichen. Denn im Leben passiert nichts, wenn man keine Entscheidung trifft und sie in die Tat umsetzt.«

Angels: How to Summon & Work with Your Spiritual Helpers
Wenn Gottes Funken fliegen

Haben Sie einen Engel, so einen, der auf Sie aufpaßt und immer da ist, wenn Sie ihn brauchen? Ich aber. Seit dem 7. Juni, um genau zu sein. Und das ging so.

Viele vorwiegend ältere Damen und ich in einer Turnhalle. Alle Stühle besetzt. Fröhliches Winken über die Reihen hinweg (»Hallo, auch hier? Wie schön!«). Unser Kurs: ›Angels‹, Untertitel; ›How to Summon & Work with Your Spiritual Helpers‹. Summon, steht in meinem grünen PONS-Kompaktwörterbuch, heißt »vorladen« oder »herbeirufen« oder »kommen lassen«. Und so gesehen klingt das extrem vielversprechend, nicht nur weil der amerikanische Fernsehpfarrer Billy Graham in seinem Buch ›Angels‹ (über drei Millionen verkaufte Exemplare) geschrieben hat: »Sollte es jemals eine Zeit gegeben haben, in der die Menschen die besondere Kraft und die Segnungen des Himmels in ihrem Leben brauchten, dann jetzt. Wir leben in einer schwierigen Ära. Politische, soziale und ökonomische Themen reichen so tief in unser tägliches Leben, daß wir oft genug in Gefahr geraten, unseren Sinn für Glück und Frieden zu verlieren.« Oh, möchte man dem Mann entgegnen, gerade was die ökonomischen Themen angeht bei einem Wechselkurs von 2,35 Mark pro Dollar, da hat er schon recht.

Auftritt Trudy Diane Griswold. Eine warmherzige, freundliche Person, gut frisiert, reichlich Haarspray. Trudy liegt auf einer Wellenlänge mit Pastor Billy, der an spirituellen Beistand durch Engel glaubt. Trudy hingegen glaubt nicht nur an die servilen Beschützer, wie im übrigen 69 Prozent aller Amerikaner, sie spricht sogar mit ihnen, schickt ihnen Briefe und empfängt deren geschriebene Botschaften. »Jeder hat einen Engel«, sagt Trudy, »sonst wären wir nicht auf der Welt.« Über ihrem lilafarbenen Strickkleid baumelt eine goldene Kette mit handtellergroßem Anhänger; die Figur stellt ein Wesen mit lockigem Haar und Flügeln dar und funkelt und blitzt, als käme sie direkt vom Christbaum. Trudy strahlend: »Gott ist das Feuerwerk, Engel sind die Funken, die er zu uns schickt. Sie sind eine wunderbare Quelle der Information, sie helfen uns, die richtigen Dinge zu tun.«

Natürlich kommt jetzt eine Geschichte, die paßt. Vor zwölf Jahren ist Trudy mit ihrem Mann und den Kindern von Connecticut nach Kalifornien gezogen. Dem Gatten winkte eine einmalige berufliche Chance. Und dann? »Mein Mann hatte Ärger mit seinem Chef, die Kinder hatten keine Freunde und haßten die Gegend.« Was für ein Unglück – und Trudy selber »einsam, völlig verängstigt«. Da kam der Engel, irgendwann stand er neben ihr, »ich konnte ihn spüren«. Als sie das am Abend bei einem Telefonat ihrer Schwester Barbara erzählte, meinte die: »Fabelhaft, du kannst einen Engel gut gebrauchen.« Zunächst war die gute Trudy noch irritiert, weil sie den Himmelsboten weder sehen noch hören konnte, aber dann fand sie heraus, »daß jeder von ihnen seine eigene Art hat, mit uns zu kommunizieren. Eines Morgens gab er mir zu verstehen: ›Hole Papier und Bleistift und schreibe auf‹.« Mit einem Wort, der Engel riet ihr, mit der Familie nach Connecticut zurückzukehren, was sie tat, und seitdem leben sie wieder glücklich und zufrieden.

Es kann schon passieren, daß sich Klassenzimmer bei kuriosen Learning Annex-Kursen schneller leeren als ein brennender Ozeandampfer, doch diesmal nur leises Seufzen und heftiges Kopfnicken. Zweifel? Von wegen, alles Expertinnen. Eine Besucherin in einem Sweatshirt mit vielen bunten Engelchen drauf sagt: »Seit ich 13 bin, stehe ich in Kontakt mit ihnen, immer unter der Dusche, sie wissen alles über mich.« Ihre Nachbarin: »Mein Großvater kam in weißem Licht auf mich zu, er hatte ein Zeichen auf der rechten Hand und sagte, daß ich geheilt werde.« Und eine andere meint: »Mein Engel hat mir neulich die Telefonnummer einer Freundin zugehaucht, die mir einen besseren Job vermittelte.« Man weiß ja nicht viel über Engel, wenn man seinen noch nicht getroffen hat, aber nach diesen Erzählungen dräut einem, daß sie allerlei Formen, Farben und Aggregatzustände annehmen und manchmal nur mit einer feinen Nase zu lokalisieren sind. Eine Frau erzählt: »Ich kaufte kürzlich ein neues Sofa, und plötzlich roch es im Wohnzimmer nach Großmutters Thanksgiving-Truthahn und den Gewürzen ihrer Küche.«

Humbug? Halluzinationen? Hirngespinste? Jedenfalls sind Gottes mysteriöse Kuriere Gegenstand umfangreicher Erörterungen und deren Wundertaten dokumentiert durch die Jahrtausende. Der Allmächtige sandte Engel zu Abraham, um die Bewohner von Sodom und Gomorrha zu warnen (Genesis 18). Der Reformator Johann Calvin referierte: »Engel sind die Spender und Verwalter göttlicher Mildtätigkeit, sie ... leiten unsere Wege und üben eine ständige Dienstbeflissenheit aus, damit kein Übel uns befällt« (Christianae religionis institutio, 1536). Der englische Maler Sir Edward Coley Burne-Jones schrieb an Oscar Wilde, je wissenschaftlicher die Welt werde, um so mehr wolle er Engel malen: »Sie sind mein Protest zugunsten der Unsterblichkeit der Seele.« Und noch vor einem halben Jahrhundert glaubte der britische Marshal Lord Hugh Dowding, Engel hätten während der Luftschlacht um England die Maschinen toter Piloten geflogen. Das machte schon deswegen Sinn, weil er Hitler für Luzifer hielt, der bekanntermaßen ein gefallener Engel ist und laut Graham mit heißem Atem und teuflischer Gewalt »eine der gewaltigsten und am besten funktionierenden Kriegsmaschinerien des Universums kontrolliert«.

Trudy weiß das alles auch. Und noch viel mehr. Auf eine Tafel malt sie ein Koordinatenkreuz. Die horizontale Achse steht für die Lebensspanne des Menschen, auf der vertikalen befindet sich oben Gott, darunter verstorbene Verwandte, Lehrer wie Buddhisten, Gurus, Yogis, gewöhnliche Engel, Schutzengel, Erzengel. Das ist auf den ersten Blick ein wenig verwirrend, aber jedem, sagt Trudy, sei ein übersinnliches Wesen zugeteilt worden, »als unsere Seele gemacht wurde«. Im besten Falle sei das ein mächtiger Vertreter seiner Gattung wie Gabriel, Jehovas Prophet, oder Raphael, ein Heiler, Michael, der Mildtätige. Trudys Engel, keine unteren Chargen, versteht sich, sind Johannes, noch ein Heiler, und Paul, ein Lehrer: »Heilen und lehren ist, was ich tue.« Vor allem mit ihrem Buch ›Angelspeake‹, ein Bestseller, den sie zusammen mit ihrer Schwester Barbara geschrieben hat und der den beiden von Engeln diktiert wurde (»Wenn jemand eines dabeihat, würde ich es gerne signieren«). Wer keine Ausgabe des Werkes dabei hat, lernt im Schnelldurchgang, was drinsteht. Der große Moment ist gekommen. Trudy: »Laßt uns die Engel rufen.«

Verteilt wird ein gelbes Formular, auf dem in sieben Schritten alles standardisiert ist. 1. beten; 2. entspannt atmen; 3. zuhören; 4. schreiben; 5. akzeptieren (»es liest sich immer wie erfunden«, so Trudy); 6. die innere Stimme wirken lassen; 7. vertrauen, nicht hinterfragen. Das ist die Theorie, in die Praxis umgesetzt wird sie mit Hilfe eines Engelskärtchens aus einer herzförmigen Pappschachtel. Ich ziehe das Wort »Delight« (Vergnügen); die Frau neben mir »Birth« (Geburt). Und Trudy meint nun, man müsse das Kärtchen dem Nachbarn reichen und umgekehrt, dann aufschreiben, was die Engel einem für diesen einflüsterten. Es beziehe sich auf das Stichwort und die Engel sprächen »nicht über die Antarktis oder unbekannte Dinge, sie sind sehr konkret, wenn sie etwas hervorheben wollen, sagen sie es dreimal«, sie könnten nämlich keine Ausrufezeichen machen. »Gehirn ausschalten«, sagt Trudy, »auf den Solarplexus konzentrieren, Rücken entspannen.« Ich schreibe irgendwas von wegen kein Vergnügen ohne Freiheit, weg mit den Abhängigkeiten. Trudy sagt, gleich nach dem Kreis würden wir die Botschaften austauschen.

Viele überwiegend ältere Damen und ich bilden einen Kreis in einer kleinen Schule in Midtown Manhattan. »Fühlt die Herzen der anderen«, sagt Trudy. Wir fühlen. Die Damen, die bereits seit längerem etablierte Leitungen zu ihren Engeln haben, bilden einen zweiten Kreis in der Mitte. Trudy: »Hebt die Hände!« Wir heben die Hände. Trudy: »Engel kommt herunter, wir stehen in einer wunderbaren, goldenen Lichtblase.« Man guckt sich um und denkt an Avon-Vertreterinnen und Tupperware-Parties, da drückt die fröhliche Trudy einem schon ein billiges Medaillon mit einem Engel darauf in die schwitzige Hand: »Hopp, auf die Plätze und vorlesen.« Und Margarita aus der Bronx liest nun vor, was sie für mich empfangen hat. »Liebe Engel, was wollt ihr Gerhard lehren?« fängt es an. Und dann kommt: »Er soll an seine Fähigkeiten glauben und sein inneres Bewußtsein. Er hat das Potential und das Wissen und wird sehr erfolgreich sein, wenn er sein Leben aufschreibt. Go for it, wir werden für dich da sein, deine Wünsche werden sich erfüllen.«

Ich schwör's, genau das steht auf dem Zettel meiner Sitznachbarin, den ich mitnehmen darf. Und mein Engel heißt Shayenne, so wie Margaritas Sohn. Eine Dame vor mir schnurrt: »Ihre erste Post von Ihrem Engel?« Ich nicke verdattert. »So was Tolles.« Durchaus. Doch wie kann man wissen, daß es ein Engel war, der das gesagt hat, Trudy? »Schwierige Frage. Es ist Intuition, man weiß es einfach. Woher und wie es kommt, ist egal, nimm es an.« Also, wenn's weiter nichts ist, dann gerne.

Breaking into Adult Movies
Einmal Porno, nie mehr Hollywood

1998 wurde beim Sundance Film Festival in Park City, Utah, die Dokumentation ›Sex: The Annabelle Chong Story‹ gezeigt. Es geht dabei um die Geschichte einer jungen, in Singapur geborenen Frau, die für ein Video innerhalb von zehn Stunden Sex mit 251 Männern hatte. Starker Tobak, zweifelsohne. Und nicht wenige Besucher verließen erschüttert bis angewidert den Kinosaal. Bemerkenswert ist nur, daß der Film das heißeste Gesprächsthema der Veranstaltung war, und Grace Quek, die unter dem Künstlernamen Chong an 19 Pornostreifen mitgewirkt hat, sagte in der gut besuchten Podiumsdiskussion nach der Aufführung indigniert: »Porno mag zwar gesellschaftlich immer noch völlig unakzeptabel sein, aber gerade darin liegt sein Reiz, denn Sex ist eine kulturelle Obsession. Jeder will darüber immer mehr erfahren.«

Schon sind wir beim Thema. Gehören Sie auch zu denen, die schon immer wissen wollten, wie man Pornostar wird? Oder Pornoproduzent? Oder wie man sich was dazuverdient mit frivolen Drehbüchern? Vielleicht gehören Sie ja auch zu den Menschen, die erotische Videos ausleihen, 700 Millionen sind es jährlich alleine in den USA, oder Sie surfen gerne durch Websites ebensolchen Inhalts, mit denen 65 Prozent aller Einnahmen im Internet gemacht werden. Vielleicht sind Sie aber auch bloß neugierig. Wie auch immer. Wenn Sie nicht zu etepetete sind und einen Blick hinter die Kulissen einer florierenden Branche werfen wollen, dann begleiten Sie uns in den Kurs ›Breaking into Adult Movies‹. Die anderen blättern bitte um. Die Sache ist nicht nur unterhaltsam.

Mittwochabend in der Cafeteria der School of The Physical City in New York. Noch wird nach Stühlen gesucht, zwei Herren vorne links tauschen die aktuellen Baseballergebnisse aus, während sie sich mit dem umfangreichen Infomaterial eindecken, das am Eingang ausliegt: Beitrittsformulare zu einem Klub namens FOXE (Fans of X-rated Entertainment), Musterverträge für angehende Sexworker (wie man den Berufsstand in den USA nennt), das sogenannte ›Porn Stud Handbook‹ (ein Büchlein mit einem Cartoonbären auf dem Titel, der verschämt seinen Genitalbereich bedeckt). Da geht es auch schon los mit einem irritierenden Hinweis. »Wenn Sie sich in den nächsten Stunden umdrehen, erfährt vielleicht ihr Boß von ihren zweifelhaften Neigungen«, hört man die Kursleiterin heiter sagen, »Sie werden nämlich gefilmt.« Und, siehe da, hinten im Raum steht eine Videokamera, die alles für einen Privatsender aufzeichnen soll.

Die Kursleiterin heißt Candida Royalle. Mittvierzigerin, wasserstoffblond, enganliegende schwarze Hosen, enganliegender, kurzer, schwarzer Pullover, hohe schwarze Stiefel. Royalle war mal Pornoaktrice und produziert heute mit ihrer Firma Femme Productions Filme, die unter anderem auf Playboy TV zu sehen sind. Und der Reporter ist wohl der einzige Mann, der das bloß aus der Programmankündigung weiß. Denn auf die einleitende Frage, wer denn ihre Werke kenne, meldet sich der Rest der zwei Dutzend anwesenden Herren. »Alle gesehen?« fragt Royalle grinsend. Fast alle hier haben alles gesehen aus Royalles aktiver Zeit (›Blue Magic‹, ›Fascination‹, ›Delicious‹) und vieles mehr. Und natürlich ist die Anmerkung der Dozentin durchaus berechtigt: »Ich sehe, Sie sind Kenner, und ›DP‹ oder ›Three Ways‹ muß ich diesmal nicht eigens erläutern. Neulich kam einer, der glaubte, das eine stünde für Dom Perignon und das andere für eine mehrspurige Autobahn.«

Candida wurde mal von der ›Detroit Metro Times‹ »die Audrey Hepburn der Sexindustrie« genannt, was vermutlich als Kompliment zu verstehen ist, und auch ihr Unterricht ist längst von den Medien als schlagzeilenträchtiges Ereignis entdeckt worden. Die ›Montreal Gazette‹ hat darüber geschrieben, die ›New York Times‹ und der ›Londoner Guardian‹ auch. Es scheinen sich, darf man vermuten, doch eine ganze Menge Leute dafür zu interessieren, wie man ins Pornogeschäft einsteigt. »Wo würde sonst die Flut an Filmen herkommen«, meint Royalle, die ergänzt, das Pornogeschäft sei keineswegs so obszön, wie sich das mancher vorstelle: »Was ich mache, ist beispielsweise Güteklasse Vanille, und die Phantasie des Laien übersteigt die Realität bei weitem.« Das sei bei anderen außergewöhnlichen Berufen schließlich auch so. Und, noch mal Royalle: »Es ist ein Geschäft wie jedes andere, das Arbeitsplätze schafft.« Wohl wahr, wir können nicht alle Lokomotivführer oder Logopädin sein.

Damit zu Royalles Eleven. Was die sonst so machen, ist schwer zu erkennen, aber dem gängigen Klischee entsprechen sie nur bedingt. »An verhaltensgestörte Typen, die sabbernd in dunklen Kinos sitzen«, so Royalle, »habe ich nie gedacht, wenn ich mir meine Kundschaft vorstellte.« Gekommen sind an diesem Abend beispielsweise ein Mann in Nadelstreifenanzug, ein graumelierter, älterer Herr in Cordhose und kariertem Hemd, ein Dicker mit lachsfarbigem

T-Shirt und glattrasiertem Schädel. Zwei Typen, die an Mitglieder eines Motorradklubs erinnern, sind da, zwei Pakistani, ein blasser, schmächtiger Jugendlicher, der ein Buch von Ron L. Hubbard neben sich liegen hat. Dazu drei Frauen; eine unscheinbare Asiatin, eine robuste Dame, die sagt, sie sei für ihre Schwester gekommen, die sich nicht getraut habe, und eine, die offenbar ihren Freund begleitet. »Wer von Ihnen will vor der Kamera agieren?« fragt Royalle. Keine Resonanz. »Gut so«, sagt sie, »sie wären alle nicht attraktiv genug. Daß es außerdem aus vielerlei Gründen nicht empfehlenswert ist, erkläre ich später.«

So erfährt man zunächst, daß das Business auch reichlich Entfaltungsmöglichkeiten hinter der Kamera bietet. »Im wesentlichen ist es wie Hollywood, Sparte Seifenoper, nur eine andere Stoßrichtung«, so Royalle. Alleine mit Drehbüchern könne man bis zu 4000 Dollar verdienen, wenn man beherzige, daß die Handlung simpel gestrickt sein müsse, pro Minute ein Blatt. Romane sind nicht gefragt. Dafür aber Kameramänner, Beleuchter, Tontechniker mit einem Sinn für erotische Feinheiten »weil es davon nicht allzu viele gibt« (Royalle). Und wer, wie sie, lieber hinter dem Regiepult Platz nehmen oder einen Vertrieb aufbauen wolle, solle es ruhig probieren: »Ich habe meine Nische gefunden mit Stoffen, die Frauen ansprechen, da gibt es noch jede Menge Nachholbedarf.« Der Dicke mit der Glatze erzählt nun von seiner geplanten Erotikserie mit dem Titel ›Mr. Buttman‹ und fragt, ob das auch eine lukrative Nische sei und wie er dafür wohl eine renommierte Darstellerin fände.

Die Antwort wird erst mal zurückgestellt. Denn Frau Royalle, die in den siebziger Jahren aus naheliegenden Gründen angefangen hat (»Ich dachte, es sei eine coole Idee, Geld zu verdienen, aber es gibt auch Frauen, die Spaß daran haben«), weist erst mal auf die Tücken des Metiers hin. Bis zu 25000 Dollar könne selbst ein anspruchsloses Produkt verschlingen. Sie hätte es nie geschafft ohne die Unterstützung ihrer Schwiegereltern, die ihr als Starthilfe 20000 Dollar pumpten. Ein Knochenjob ist die Sache auf alle Fälle. Darsteller casten, Scripts lesen, Gerätschaften und Räumlichkeiten anmieten, Juristen konsultieren, Bänder schneiden, Fotoshooting für das Cover des Videos arrangieren – das alles verschlinge, so Royalle, Zeit und Nerven. Und wenn ein Drehtag mal 16 Stunden dauert, »dann verliert selbst die netteste Crew die Lust, und wie aufregend Sexspiele dann aussehen, können Sie sich denken«. Ganz zu schweigen von der rechtlichen Problematik des Unterfangens: Drehgenehmigungen, HIV-Tests, schriftliche Vereinbarungen. Royalle: »Was ist in welchen Ländern erlaubt, was zu beachten bei gewalttätigen Szenen. Sie werden Fehler machen und dafür bezahlen.«

Royalle ist seit 16 Jahren im Geschäft, studiert ständig alle Fachpublikationen, besucht jede Sexmesse und hat sich mühsam Kontakte zu Agenturen und Verleihfirmen aufgebaut. Und daher weiß sie: »Wenn Sie das Milieu nicht wirklich lieben und hart an sich arbeiten, wird es nichts.« Denn selbst sie müsse froh sein, wenn sie am Ende 20 Prozent der Verkaufserlöse bekäme. Und Erfahrungen mit schmierigen Gesellen, »die im Ausland, per DVD oder im Internet Ihre Ware verhökern, ohne daß Sie das kontrollieren können«, hat sie auch schon hinter sich. Zu unserem »Mr. Buttman« sagt sie jedenfalls, als der erschrocken meint, das sei aber »fies«: »Abgesehen davon, etwas mehr als eine Frau, ein Mann und ein Autorücksitz sollte Ihnen für Ihren Verkaufsschlager schon noch einfallen.« Ein gewisser Ernest Greene schreibt in der ›Adult Video News‹, die Royalle mitgebracht hat: »Es ist ein weitverbreiteter Irrglaube, daß jeder Idiot mit einem Camcorder einen Porno machen kann.«

Ob sich die Kursteilnehmer angesprochen fühlen, bleibt unklar. Jedenfalls kommen sie zögerlich auf die Frage zurück, warum es nicht empfehlenswert sei, vor der Kamera zu agieren. Darauf hat Royalle bloß gewartet, denn nun verteilt sie erst mal eine Liste mit den üblichen Gagen (Null bis 300 Dollar täglich für Männer, 300 bis 2500 Dollar für Frauen) und eine mit den zehn Geboten für Sexworker (u.a. 3. Hygiene ist Pflicht; 5. kein Geld, kein Sex; 6. Besetzungscouch ist tabu). »Männer«, so Royalle, »haben es besonders schwer, sie müssen gut gebaut und gut trainiert sein, sie sind für die Verkaufschancen des Films meistens nicht wichtig und daher bessere Statisten.« Und dann sei da noch das Problem mit dem kühl choreographierten Orgasmus vor Publikum. Kein Kinderspiel. Ein Besucher will nun wissen, ob es etwas »zu essen gäbe, damit man länger kann«. Nichts, weder Ginseng noch zerstoßener Tigerzahn, so Royalle schmunzelnd, und ergänzt, ein großer Produzent in Kalifornien veranstalte manchmal Belastungstests, die im Schnitt nur einer aus 100 Bewerbern bestehe. Royalle: »Die Branche hält sich an bewährte Kräfte.«

Man glaubt, in den Gesichtern der Herrn eine Mischung aus Trotz und Enttäuschung zu erkennen. »Und wo liegt das Problem für Frauen?« fragt die unscheinbare Asiatin, schließlich gebe es Agenturen, Stars und Sternchen, die ein Vermögen gemacht hätten und berühmt geworden seien wie Linda Lovelace oder Annie Sprinkle. »Ach, Sweetie«, sagt Royalle, »Sie müßten natürlich erst mal supersexy aussehen und schauspielern können. Aber die wahre Herausforderung ist, ob Sie die körperliche, emotionale und seelische Belastung wegstecken.« Und dazu schiebt sie eine Kassette in den Fernseher nebenan und schon erscheint eine offenbar bekannte Sexworkerin. »Mensch, ist das nicht die aus der Nuttenwerbung von Channel 35?« ruft einer der Bikertypen. Und die fragliche Dame sagt auf dem Video: »Willst du, daß du deine gottesfürchtige Familie verlierst, deinen eifersüchtigen Partner, willst du, daß du die Lust am Sex verlierst und von jedem auf der Straße erkannt wirst? Und wenn du glaubst, dein nächster Stop sei Hollywood – vergiß es.«

Der Fachterminus DP steht für Double Penetration, auf eine Übersetzung in die Umgangssprache verzichten wir aus Gründen des Jugendschutzes, das gilt erst recht für Three Ways. Royalle sagt nur soviel dazu: »Ich war nach meiner Sexworkerzeit jahrelang in Therapie und wenn ich noch mal jung wäre, ich würde es ganz bestimmt nicht mehr machen.«

How to Talk to Anybody About Anything
Keimfrei wie Babyshampoo

In Paul Watzlawicks unterhaltsamem Buch ›Gebrauchsanweisung für Amerika‹ findet sich der Satz: »Es ist das weitgehend unverschuldete Geschick der USA, von uns Europäern immer wieder in der unterschiedlichsten Art und Weise zum Ideal gemacht und sofort dann verdammt zu werden, wenn es unseren naiven Vorstellungen entweder überhaupt nicht entspricht oder auch nur ganz einfach anders ist, als es laut uns sein sollte.«

Und so irritiert uns, daß Amerikanern sich das Herz zu einem saftigen Steak weitet, sobald die Nationalhymne erklingt, zwei Drittel von ihnen aber unbarmherzig die Todesstrafe fordern, sogar für verhaltensgestörte Vierzehnjährige. Wir finden es arrogant, daß sie den weltumspannenden König des Sports höhnisch belächeln und sterbenslangweilig finden, weil sie mit runden Fußbällen nichts anfangen können, hingegen in epileptischen Begeisterungstaumel fallen, wenn beim amerikanischen Namensvetter Football gepanzerte Kolosse brüllend durcheinanderpurzeln, bis die Knochen bersten. Und wir echauffieren uns darüber, daß in den USA selten fehlerfrei mit Messer und Gabel gegessen wird, während Aushilfskräfte im Supermarkt Krawatte tragen. Am meisten aber verstört den Europäer, wie Amerikaner miteinander reden.

Geredet werden muß immer, da hilft nichts. Und geredet wird in einer Art und einem Tonfall, wie es unsereinem nur angemessen schiene, wenn die reiche Erbtante zu Besuch ist oder der Chef gerade eine fulminante Gehaltserhöhung rausgerückt hat. Reden ist in Amerika ein Stakkato an Schmeicheleien und Lobreden, Ergebenheitsadressen und Erkundigungen nach dem werten Befinden, das mitunter Erschöpfungszustände hervorrufen kann. Ein Perpetuum mobile der Oberflächlichkeiten. Kurzum, der Fremde im Aufzug fragt einen so unvermittelt wie freudestrahlend »Did you have a wonderful day?«, daß man fast erschrickt. Jede Zufallsbekanntschaft versichert einem, wie »nice« es gewesen sei »to meet you«, und in der Wäscherei wird man verabschiedet mit »God bless you«. Kommunikation als Weichspüler des täglichen Mit- und Nebeneinanders.

Daß die Menschen das meistens gar nicht so meinen, spielt dabei keine Rolle. Entscheidend ist: Wer dieses Spiel nicht beherrscht, tut sich schwer. Erscheint ruppig, unhöflich, flegelhaft, und muß zu Mrs. Leil Lowndes gehen, denn die leitet allerhand Kurse, in denen man zum Jongleur der Phrasen reifen darf, diesmal einem durchaus vielversprechenden: ›How to Talk to Anybody About Anything.‹

Mit jedem über alles mögliche reden? Muß man das? »Im Prinzip nein«, sagt Leil Lowndes, »aber in Amerika verlangt es nun mal der gute Ton. Andere Länder, andere Rituale, aber Freundlichkeit, glaube ich, schadet nirgendwo.« Und natürlich hat sie gar nicht unrecht. Denn hat nicht auch der Sozialwissenschaftler und Bestsellerautor Dale Carnegie geschrieben, es lebe sich angenehmer, wenn man »den Menschen mit einem Lächeln begegnet und sie sich gut fühlen läßt.« Ist so, keine Frage.

Über hundert Menschen sind in Frau Lowndes' Kurs gekommen und alle Stühle besetzt in der Aula einer Grundschule in Midtown Manhattan. Auf die Frage, wer sich als verklemmt einschätze, schnellen viele, viele Hände in die Luft. Zum Glück, eröffnet die Dozentin ihren Vortrag, sei es ziemlich egal, was man zu sagen habe, denn es sei Ergebnis zahlreicher Untersuchungen, daß der erste Eindruck zu 80 Prozent von dem bestimmt werde, wie man etwas sage. Stimme, Körpersprache, optische Erscheinung sei mehr als die halbe Miete. Folgt die Lowndessche Erfolgsstrategie »Softener«, die im wesentlichen aus Lächeln, durchdringendem Augenkontakt, anerkennendem Kopfnicken, sukzessivem Wiederholen des vom Gegenüber Gehörten und Einnehmen des energetischen Optimalabstands von 26 Inches (66,04 Zentimeter) besteht. Man darf das gleich mal üben, indem man den Sitznachbarn mit bleckenden Zähnen und doofen Fragen zu Leibe rückt.

In das Gemurmel trötet Leil nun mit einer Trillerpfeife in der Form einer rosa Plastikente, und meint schnippisch: »Stop, ich wette, daß hier gerade kein einziges adäquates Gespräch zustande gekommen ist, weil Sie sich alle bloß gefragt haben, wie es Ihnen geht, daß Sie sich freuen, Ihren Gesprächspartner kennengelernt zu haben, und ihm am Ende noch einen wunderschönen Tag wünschen wollten. Aber das sagt doch jeder Idiot.« Betretenes Schweigen. Lowndes: »Und jetzt sage ich Ihnen, was man sagt.« Ja, was denn nun? »Wichtiger ist zunächst, was man nicht sagt«, so die Dame am Dozentenpult, eine drahtige Blondine in rotem Kostüm mit rotem Halstuch und rotlackierten Fingernägeln. Und so erfährt man, daß die perfekte amerikanische Konversation so keimfrei ist wie Babyshampoo. Nicht erlaubt: über Unfall und Tod sprechen, nicht widersprechen und nicht allzu kritisch werden. »Man darf niemanden in die negative Ecke drängen, das Geheimnis ist, einen leckeren Köder auszulegen und so den Fisch fangen.«

Das wird jetzt mit zögerlichen Freiwilligen praktiziert. Eine Frau tritt nach vorne. Leil fragt, was sie denn beruflich mache. »Maklerin.« Leil: »Das klingt ja wie die nackte Kanone. Sagen Sie, Sie würden jungen Familien helfen, das perfekte Heim zu finden.« Ein Mann tritt nach vorne. Leil fragt, woher er denn komme. »Columbus, Ohio.« Leil: »So geht das nicht, das hört sich ja an wie Timbuktu, irgendwo. Sagen Sie, Sie kämen aus einer Stadt, die den Namen eines berühmten Seefahrers trägt, der 1492 hier angekommen ist.« Meldet sich ein anderer Mann und sagt: »Aber ich bin Bauarbeiter und komme aus New Jersey. Bauarbeiter ist Bauarbeiter, und New Jersey ist langweilig.« Leil: »Ihnen rate ich, alle vier bis sechs Wochen mal was Interessantes zu machen, von dem sie dann erzählen können: Gehen Sie zu einer Weinprobe, zu einer Bodybuilding-Meisterschaft oder ins Tibetanische Museum.«

Wer weiß, ob das hilft, aber offensichtlich hat Leil Erfolg mit ihren Programmen und Büchern (›Little Tricks for Big Winners‹, ›Always Talk to Strangers‹), für die sie sich sogar ganzseitige Werbeanzeigen in Zeitungen und Magazinen leisten kann. Natürlich kann es nicht schaden, wenn man aus Washington kommt und eine Unterhaltung mit dem Detail würzt, dort kämen auf eine Frau sieben Männer. Schon hat man ein Gesprächsthema. Und ganz so falsch ist es auch nicht, Leuten einzubleuen, sie sollten nicht mit der Frage einsteigen, was denn aus dem Roman geworden sei, den der Gesprächspartner immer schreiben wollte. »Was soll der denn sagen, wenn er daran gescheitert ist, da ist sofort die positive Stimmung weg.« Jedenfalls bekommt sie wunderbare E-Mails wie die von Sandra aus Queens, die schrieb: »Ich war begeistert und traurig, als der Kurs vorbei war.« Und Jim aus Manhattan meinte sogar: »Ich bin kürzlich befördert worden und glaube, es liegt daran, weil ich nun einfach besser mit meinen Kollegen kommuniziere.«

Der Unterricht nimmt seinen Lauf. »Schulen Sie Ihren Wortschatz«, fordert Leil. Wenn man jemanden wunderbar fände, könne man mehr Eindruck machen mit Vokabeln wie erlesen, allerfeinst, formidabel, exorbitant, non plus ultra. »Sprechen Sie Leute an, reden Sie über Literatur, irgendwas, auf dem man aufbauen kann«, fordert Leil, »was können Sie schon verlieren?« Und bis zum Ende des Unterrichts wird das nach eindringlicher Anweisung von Mrs. Lowndes tatsächlich heftig gemacht, bis die Plastikente trötet und fast alle strahlend und aufgeräumt wieder Platz nehmen, weil sie sich den Mund fusselig gebrabbelt hatten mit Blabla und Erzählungen über Selbstgebackenes. Mit jedem über alles reden, »geht doch«, sagt Leil, lächelt zufrieden und bittet an den Verkaufstisch mit ihren Übungskassetten.

Was sie nicht mitgekriegt hat, war das übungshalber entstandene Gespräch mit Lenny und Ann. Lenny sagte, sie lebten in jenem Ort, in dem der große Erzähler Scott F. Fitzgerald ›The Great Gatsby‹ geschrieben habe. Und Ann erzählte, sie hießen so, wie eine Romanfigur von Philip Roth. Etwa Zuckerman? fragte man zurück. Ja, Zuckerman, und Fitzgeralds Schreiberklause sei in Great Neck auf Long Island gewesen. Literatur, ein schönes Gesprächsthema. Man selbst erzählte, man komme aus einem kleinen Ort zwischen München und Innsbruck. Innsbruck, Österreich. Nette ältere Herrschaften, die Zuckermans, vornehm, warmherzig. »Innsbruck«, sagte Lenny mit belegter Stimme, »das ist nicht weit entfernt von Braunau.« Ann hatte plötzlich feuchte Augen, als sie sagte: »Ja, Deutschland, unsere Familie lebte auch in Deutschland. Aber das ist schon lange her, jetzt sind alle tot. Wir sind Juden.«

Betretenes Schweigen. Tod, Unfall, das sind keine Themen. Negative Ecke. Man versuchte es noch mal mit Büchern, Thomas Mann, Bertolt Brecht. »Ach, ich lese keine Romane«, sagte Lenny, »ich lese Geschichtsbücher. Die Wahrheit steht nicht in Romanen.« Und dann erstarb das Gespräch. Mit jedem über alles reden? Soll Leil weiter glauben, daß es immer funktioniert. Lenny und Ann verabschiedeten sich am Ende und sagten freundlich und leise: »Nice to meet you.«

Native American Spirituality
Im Reich der Flachköpfe

Uff. Auf den ersten Blick ein stattlicher Mann, dieser Wallace Black Elk. Sioux. Groß, kräftig, stolzer Blick. Legendäre Häuptlinge wie Red Cloud, Sitting Bull und Crazy Horse gehören zu seinen Vorfahren. Es heißt, er hatte elf Großväter, von denen einer, Nick Black Elk, im Alter von neun Jahren zwölf Tage lang im Koma lag und dabei von der Großen Vision erwischt wurde. Nick brauchte angeblich sieben Jahre, bis er begriffen hatte, daß er danach über spirituelle Kräfte verfügte, seine Zöpfe Antennen waren und die Haare in den Ohren auch.

Wallace Black Elk weiß das schon, seit er fünf ist. Da sagten ihm die Stammesältesten, er verfüge über »einen Tropfen Weisheit, einen Tropfen Stärke, einen Tropfen Talent und Liebe«. Bloß dumm, daß der Tropfen Know-how nicht groß genug ausfiel, weshalb er nun schon seit 64 Jahren spirituell wirke, aber immer noch nicht alles kapiert habe. Wallace: »Als ich Kind war, haben die Weisen den ganzen Tag geredet, aber am Ende kam nur ein Wort heraus, redeten sie drei Tage, hatte mein Unterbewußtsein drei Worte erfaßt und verstanden.«

Schon verlassen die ersten Besucher den Vortrag. Zwei

jüngere Damen in schicken Blazern. Dabei sind erst fünf Minuten vergangen und das einleitende Gebet mit Getrommel, Heiyahheiyahheiyahhoh und einem glimmenden Räucherstäbchen kommt erst noch. Justament während dieser kleinen Eröffnungszeremonie schlendert der Hausmeister vorbei, lugt durch die offene Türe und schüttelt, sehr entsetzt und mit offenem Mund, den Kopf.

Wallace Black Elk ist Schamane. Und Schamanismus, lernen wir von William S. Lyon, »beinhaltet die Fähigkeit, den Zustand seines Bewußtseins willentlich zu ändern, um die Hilfe der Geister zu empfangen«. Etwa wie bei Don Juan, der Romanfigur von Carlos Castaneda? Man muß gar nicht erst fragen. Wallace Black Elk sagt von alleine und passenderweise: »Ich bin mit Chanunpa geboren und habe einen spirituellen Führer, der mich alle Zeit über den Hirschpfad zu Medizin, Wasserlöchern und Unterkunft begleitet.«

Nun gehen die nächsten. Ein älteres Paar, er in Cowboystiefeln, sie in Fransenjäckchen. Wallace, Mittelpunkt der Veranstaltung ›Native American Spirituality‹, guckt wohlwollend und sagt: »Schön, daß Sie kommen konnten.«

Der Hirschpfad also. Der hat Wallace Black Elk diesmal nach Manhattan geführt, wo einst seine entfernten Brüder vom Stamm der Algonquin lebten. Wer diesen Besuch für was Besonderes hält, dem erzählt der große Schamane jedoch gleich, daß er sonst eigentlich nach Washington und Oxford zu Vorträgen oder nach Genf zur UNO reise, »weil die Menschen meine Hilfe brauchen«. Auf dem Mururoa-Atoll habe man ihm gesagt, »du bist unsere letzte Hoffnung«. Lyon meint: »Gerade in Zeiten von Aids, nuklearer Bedrohung und Treibhauseffekt sind wir sehr auf Schamanen angewiesen.«

Beim Großen Manitou, das kann ja heiter werden. Wallace Black Elk sieht, wenn man genauer hinschaut, nämlich aus wie eine Vogelscheuche. Auf dem Kopf ein speckiger Hut, darunter zwei dünne, graue Zöpfe, ein Gesicht wie ein Atlas menschlicher Erfahrungen. Knollennase und lila Lippen. Dazu buntes Hemd, buntes Jäckchen, flatternde Jeans, unten aufgekrempelt und das zerschlissenste Paar Turnschuhe der Ostküste. Und hat nicht Lyon, der Wallace seit 20 Jahren kennt und ein Buch mit seinen Botschaften verfaßt hat, auch gesagt: »Black Elk ist nicht gebildet, hat keine Bücher gelesen, er treibt dahin. Manchmal wundert man sich, worüber er redet. Also erwarten Sie nicht zuviel. In meinem Buch stehen ein paar Sachen drin, die selbst ich nicht verstehe.«

Aber was gibt es da schon zu verstehen? Indianer jagten Büffel, lebten in Zelten, rauchten Pfeife, sagten »Hugh«, hatten einen Marterpfahl, gelegentlich Farbe im Gesicht wie Clowns und Federn auf dem Kopf wie balzende Auerhähne. Und dazu flog der Tomahawk, der mörderische. Von wegen edle Wilde, wie Kolumbus geglaubt hatte. Mit den Weißen gab es immer wieder Kabale und 1890 die Schlacht am Wounded Knee, womit Schluß war mit dem freien Roten Mann. Nur ein toter Indianer ist ein guter Indianer. Folgerichtig kriegte er in jedem Kinowestern danach von den Waynes, Widmarks oder Fondas eine verpaßt, daß ihm das Wams qualmte. Da half ihm wenig, daß er die Hufe seiner Pferde mit alten Lappen umwickelte, der verschlagene Geselle.

Wallace Black Elk sagt, der Weiße Mann habe bis heute nicht begriffen, »was meine Nation war und ist«. Zunächst mal sei er gar kein Indianer, jedenfalls würde man ihn nicht so nennen, wenn dieser dusselige Genueser zugegeben hätte, auf den falschen Kontinent gestoßen zu sein. Zweitens sei er kein Native American, kein eingeborener Amerikaner, weil ein Amerikaner etwas ist, was erst später kam. Und überhaupt: Er sei kein Nachkomme blutrünstiger Krieger, auch kein Sioux, sein Stamm nenne sich Lakota. »Lakota heißt Frieden. Wir haben eine unsterbliche Seele, wir sind Legenden und der lebende Beweis für Frieden.«

Damit zu Chanunpa. Chanunpa ist so eine Art Genesis der Lakota. Der Lebensbaum. Die Wurzel allen Seins. Wie sich das gehört, gibt es dabei eine Art Gottvater. Tunkashila. Und darüber hinaus – so was Feines haben selbst Weltreligionen nicht – eine Gottmutter. Maka, die Erde. Tunkashila erschuf Feuer (Verständnis), Fels (Schale des Universums), Wasser (Mutterbrust) und alles Grüne (Energie). Maka hat die ganze Chose unter Schmerzen geboren und alles wirkt auf wunderbare Weise zusammen. Im Stein lebt der Geist der Welt, die Seele des Menschen korrespondiert mit ihm, weshalb der wiederum die Natur versteht und mit ihrer Hilfe heilen kann, zum Beispiel Leukämie, Trunksucht nicht minder. Freilich nur, wenn man weiß, wie es gemacht wird. Wallace sagt, er beherrsche als Schamane natürlich »die Sprache der Adler, ich kann mit den Felsenmenschen und den Grünmenschen sprechen«.

Hüsteln, Murmeln, Stühlerücken. Eine Gruppe von zehn Leuten geht geschlossen. Dafür kommt jetzt der Hausmeister endlich rein, setzt sich auf einen Stuhl an der Wand und hört, wie Black Elk erläutert: »Chanunpa ist stark und geduldig wie ein Pferd.« Ein Pferd denke lange nach, aber seine Aktionen seien wie der Blitz. »Der Weiße Mann denkt wie der Blitz und bewegt sich langsamer als eine Schildkröte.«

Ein alter Schamane erklärt Amerikanern ihr Amerika und die wundern sich. Wallace sagt, daß Amerikaner nicht in der Welt von Chanunpa lebten, sondern in der Welt des goldenen Tempels, in den niemand reindürfe außer den Wissenschaftlern, den Psychologen, den Juristen und den Priestern. Und denen, die Geld hätten, logisch. Deshalb glaube er, das auf den Dollarnoten sei ein Druckfehler, weil es heißen müsse: In Gold We Trust. Und daß er sich frage, warum sich die Menschen in ihren goldenen Häusern einsperrten. Eingesperrtsein sei unangenehm, das System des Weißen Mannes folglich ziemlich plemplem.

Wallace Black Elk treibt dahin. Erzählt Geschichten. Parabeln. Schwänke aus seinem Leben. Seine Augen sind halb geschlossen, seine dunklen Lippen flattern, sein Oberkörper wiegt sich sachte im Rhythmus seiner Rede. Black Elk sagt: »Wissenschaftler wissen nichts.« Wieso könnten sie Stonehenge und die Pyramiden nicht erklären? Wieso bauten sie Maschinen, Computer, die den Menschen das Denken ersetzen sollten, aber nicht denken könnten? Stephen Hawkins, diese Denkfabrik von einem Menschen, sagt der Schamane, »kann einem das Universum rauf und runter beschreiben«, aber wenn Hawkins, sagt der Schamane, ein wirklich kluger Mann wäre, würde er machen, daß er groß und stark wäre und gehen könnte.

Es ist schon verwirrend genug, was Black Elk sagt, aber nun fängt er auch noch an, seine Ausführungen schmunzelnd und lachend vorzutragen. Es sieht aus wie die sanfte Ironie eines Fassungslosen über eine Welt ohne Sinn und Verstand. »Psychologen verstehen nichts«, sagt der Schamane. Wieso würden sie sonst versuchen, unsere Gedanken zu zerlegen und wieder zusammenzubauen? »Was wollen sie eigentlich mit unseren Gedanken, haben sie keine eigenen?« Black Elk sagt: »Juristen können nichts.« Warum machten sie Gesetze gegen schmutziges Wasser, und das Wasser werde immer schmutziger, gegen schmutzige Luft, und die Luft werde immer schmutziger, gegen Kriminelle, und die Kriminalität nehme ständig zu? »Ihre Sprache versteht keiner, ihre Sätze sind wie lange Tiere ohne Kopf und Arsch.«

Wissenschaftler, Psychologen, Juristen. Alles Trottel. Und Black Elk meint, am wenigsten verstehe er die Priester. Die behaupten, der »kleine Hippie-Typ« sei aus der heiligen Taube gekommen, die Frau aus einer Rippe, der Geist aus einem Apfelbaum und das Böse aus einer Schlange. »Wo kam Jesus wirklich her«, will der Schamane wissen, »wo ist der Baum, die Schlange, die heilige Taube? Zeigt sie mir!« Aber gleich darauf winkt er belustigt ab. Seien es nicht auch die Priester gewesen, die uns verklickerten, die Erde sei flach? »Die Weißen sind Flachköpfe«, sagt Black Elk, »weil sie erst glaubten, die Erde sei flach und jetzt, wo sie rund ist, sind sie immer noch Flachköpfe, weil sie sich ihr Leben vorschreiben lassen von Gesetzen auf flachem Papier.« Sie seien Flachköpfe, weil sie einen Häuptling namens Clinton gewählt hätten, der mit gespaltener Zunge spreche: »Der sagt: ›Bildung ist gut, Kokain ist böse.‹ Warum sind die Schulen so schlecht und die Hinterhöfe voller Drogen, warum läßt Häuptling Bill das zu?«

Und dann nähert sich das furiose Ende. Er, Black Elk, habe eine Reise durch die Freiheitsstatue gemacht, stellvertretend für Amerika. Im Ohr habe er verzerrte Rockmusik gehört, in der Nase billiges Parfüm gerochen, im Mund ätzenden Whiskey geschmeckt, aus der Mutterbrust sei vergiftete Milch gequollen und im Bauch, unter dem Herzen sei es bitterkalt gewesen. Black Elk meint, die Flachköpfe seien krank. Auch sie hätten einmal eine unsterbliche Seele gehabt, aber sie hätten sie verloren. »Sie haben alles verlernt, weil Geld der Kompaß ihres Lebens ist und nicht mehr Chanunpa.« Daß es so kommen werde, hätten die Geister der Lakota schon vor 19 Generationen prophezeit.

Wallace Black Elk, Nachfahre von stolzen Häuptlingen und vielen Großvätern, Schamane der Lakota, Besitzer einer unsterblichen Seele und letzte Hoffnung des Mururoa-Atolls, breitet seine Arme aus und spricht feierlich mit geschlossenen Augen: »Der Mond wird rot sein, der Himmel wird rot sein, die Sonne wird blau sein und die Menschen werden verzweifeln. Ein dreckiger Schneeball wird alles auslöschen in fünf Minuten. Kupfer, Eisen und Stahl werden gerinnen zu einem Fluß.« Die Air Condition surrt und bläst kalte, muffige Luft in den Raum, die Leute ringsum atmen schwer, der Hausmeister hat feuchte Augen. Black Elk schließt mit den Worten: »Alles wird weg sein, weg für immer, und meine Leute werden zurückkommen, auf daß der Lebensbaum wieder blühe.«

Es gibt dann noch ein Heiyahheiyahheiyahhee, bei dem Black Elk zweimal jault wie ein Wolf. Anschließend stehen ganz viele Kursbesucher noch ganz lange um ihn herum und lauschen seinen zahllosen Stories. Warum sie nicht nach Hause gehen? Klar, draußen lauern sie schon wieder, die Flachköpfe.

How to Lose Weight with Hypnosis
Phantasie gegen Schwabbelbauch

Ich schließe die Augen ... ich atme bewußt ... ich fühle mich entspannt ... ich fühle mich sicher ... ich lasse los ...

So beginnt die 28minütige Entspannungsübung nach Bruce D. Bell, Direktor des Bell Center for Hypnosis, New York. Es handelt sich dabei um eine Art Autosuggestion, in der Bilder von zerbrochenen Schokoriegeln, figurbetonten Kleidungsstücken, joggenden Menschen und vieles mehr vorkommen, und am Schluß hat man sich selbst als einen wunderbaren, vor allem aber schlanken Menschen vor dem geistigen Auge. Anzuwenden zweimal täglich, allerdings keinesfalls während des Autofahrens, da bloß nicht.

Wenn ich loslasse ... lockern sich meine Muskeln ... mein Unterbewußtsein ist bereit ... für Vorschläge zur Gewichtskontrolle ...

Wie unschwer zu erkennen, widmen wir uns diesmal dem Abnehmen. Learning Annex, Course 312: ›How to Lose Weight with Hypnosis‹. Abspecken im Zwangsschlaf, Pfunde verlieren auf der Reise durch die Tiefen der Imagination, und das auch noch, laut Programmankündigung, in Verbindung mit einer Steigerung des Selbstbewußtseins. Das möchte man sehen. Doch erst mal eine grobe Einführung in die Materie.

Amerikaner sind dick. Das zu sagen, ist zwar politically incorrect, aber es ist die traurige Wahrheit. Belegt wird das durch eine Anfang 2000 veröffentlichte Studie der US-Regierung. Nach dieser haben 51 Prozent der Frauen sowie 60 Prozent der Männer Übergewicht. Es kommt noch schlimmer, schließlich stand wenig später im Magazin ›Newsweek‹, daß Übergewicht bei 6 Millionen US-Kids gesundheitsgefährdende Ausmaße erreicht hat (›Generation XXL‹), gefolgt von einer Story über Diabetes, worunter insgesamt 16 Millionen Amerikaner leiden, wobei die Altersgruppe zwischen 30 und 40 die höchste Zuwachsrate verzeichnet. Das erschütternde Fazit: Cholesterin und Blutzucker stark erhöht, Verfettungstendenz steigend.

Woran das liegt? Nun, man kann über Amerikaner sagen, was man will, aber die Zusammenhänge zwischen Nahrungsmitteln und Gesundheit sind ihnen in etwa so geläufig wie die Sehenswürdigkeiten der Mandschurei. Sicher, es gibt in allen Großstädten gute bis hervorragende, auch vegetarische Speiselokalitäten, und nicht nur im fitneßvernarrten Kalifornien mehr Sushibars als sonstwo westlich der japanischen Inseln. Aber alles in allem, fällt das, um im Bild zu bleiben, beim durchschnittlichen Amerikaner nicht ins Gewicht. Der langt nämlich zwischen Maine und Mississippi, zwischen Idaho und Texas weiterhin traditionell zu, bis die Bauchspeicheldrüse kollabiert.

Die Eckpfeiler amerikanischer Cuisine sind dort nach wie vor: Cheeseburger, Barbecue, Meat Loaf, Maccaroni with Cheese, Cornbread, Pancakes with Ahornsirup, Apple Pie, Nachos, Coke. Da regiert das Sodbrennen und wölbt sich der Schwabbelbauch, erst recht wenn auch noch Sandwiches mit Wurstscheiben bepackt werden, als hätte man aus Versehen eine Sau zuviel geschlachtet, wenn Pizzen unter Bergen zerlaufenen Mozzarellas aussehen wie verschmurgelte Luftmatratzen und Spaghetti in zähflüssigen Soßen mit Fleischklopsen ertrinken. Bell meint: »Das liegt auch daran, daß ›Verzicht‹ und ›Mäßigung‹ schlimme Vokabeln für Amerikaner sind. Wir mögen es nicht, etwas nicht oder in limitiertem Umfang zu bekommen.«

Bruce Bell ist ein großer, schlanker Mann mit Brille und Vollbart, seine weiten Hosen schlackern an Gummiträgern. Er sagt: »Mag ich Käsekuchen? Worauf Sie sich verlassen können. Drei Mahlzeiten täglich? Unbedingt. Doch glaube ich, daß wir mit Chromosomen geboren sind, die uns zum maßlosen Spachteln zwingen? Wirklich nicht.« Weshalb Mr. Bell erzählt, er sei kugelrund gewesen, bis er mit eiserner Disziplin 52 Pfund abnahm. Noch heute trinkt er vor jedem Essen ein Glas Wasser und im Restaurant bestellt er konsequent halbe Portionen. In seinem Büro, sagt Bell, hinge ein Poster von Warhols berühmter Tomatensuppendose. Drunter der Satz: »Success comes in cans, not in cannots. Jeder kann alles, auch abnehmen.«

Schön gesagt, schwer zu glauben. Ein Mann namens Jason, der circa 350 Pfund wiegt, meldet sich und meint, er habe in den letzten zehn Jahren zusammen so viel abgenommen, dass er theoretisch längst nichts mehr wiegen müßte: »Dummerweise habe ich alles und noch mehr wieder zugenommen.« Die heitere, mollige Liz, geschätzte 200 Pfund, erzählt: »Vier Bücher, sieben Diäten, elf Nervenzusammenbrüche.« Entsetzt habe sie jetzt auch noch irgendwo gelesen, daß manche mit vollmundigen Parolen angepriesene Schlankheitskuren (»100 Pfund weniger ohne Hungern – wie ich meinen sexy Körper zurückbekam«) nachweislich zu Nervosität, Nierenversagen, Gallensteinen oder Herzbeschwerden führten. Warum also an Bells Methode glauben nach all den Enttäuschungen? Bell: »Weil ich Ihnen ein substantielles System gebe, nicht nur ein Programm wie die meisten Diäten. Wenn das Programm vorbei ist, fragt sich jeder: ›Was nun?‹«

Amerika ist ein Land der Extreme, und man muß befürchten, das liegt an einer unter seinen Bewohnern grassierenden Form milden Schwachsinns. Wie sonst ließe sich erklären, daß die landestypische Freßoffensive von masochistischem Diätwahn begleitet wird? »Wir haben«, schreibt das Ärztefachblatt ›The Health Network‹, »zwei Obsessionen: Eine ist Essen, die andere ist Abnehmen.« 45 Prozent aller Frauen und 25 Prozent aller Männer unterziehen sich im Durchschnitt dieser Tortur, 100 Milliarden Dollar werden jährlich mit Schlankheitskuren, entsprechenden Medikamenten und Büchern umgesetzt. Und das schließt keineswegs die Flut an fettfreien, fettarmen oder kalorienreduzierten Produkten ein, die sich großen Zuspruchs erfreuen. Heute Big-Mac mit Pommes und Schokoshake, morgen Yoghurt light und Marmelade mit Süßstoff. So sind sie, eine kulinarisch verstörte Nation.

Wem fiele da nicht der wohl legendärste Esser des Landes ein? Nicht Clinton, der ißt zwar auch viel, legendär ist er anderweitig. Wir sprechen von Elvis. Der futterte öfter monatelang nur Hackbraten und Erdnußbutterstullen mit fritierten Bananen, um dann wieder unentwegt Appetitzügler einzuwerfen. Er endete aufgedunsen mit heruntergelassenen Hosen vor seiner Toilettenschüssel. In ihrem Buch ›Love Yourself Thin‹ stellt Victoria Moran die Gleichung auf: »Innere Malaise = destruktive Ernährung = Übergewicht.« Ob das auf den King zutraf? Man will gar nicht lange spekulieren. Und was es uns über Millionen Amerikaner sagt, liegt auf der Hand. »Eine Sache«, sagt Bell, auf dessen Visitenkarte das

Symbol von Yin und Yang prangt, »bedingt die andere, da liegt mein Ansatz. Die Lösung sind positive Visionen in unserem Unterbewußtsein. Machen Sie aus schlechten Gewohnheiten gute.«

Die Hypnose, endlich. Bell sagt, man könne sie zwar nicht erklären (»Sie ist ein Phänomen«), aber das sei nicht unbedingt nötig. Fest stehe, daß wir, ohne es zu wissen, tagtäglich hypnotisiert durch die Gegend liefen. Das Unterbewußtsein steuere 98 Prozent unserer Handlungen, 60 Prozent unserer Kommunikation seien Selbstgespräche. Mit einem Wort: Imagination toppt Ratio. Die Asiaten hielten sich seit Jahrtausenden an diese Weisheit, meint Bell, nur der sogenannte zivilisierte Westen glaube, Logik regiere die Welt: »Dabei ist nichts im Leben logisch.« Und zum Beweis seiner These ruft er die liebenswürdige Liz nach vorne. Sie muß die Hände waagrecht von sich strecken, die Augen schließen und sich vorstellen, sie hielte eine fünf Pfund schwere Enzyklopädie, dann, es wäre ein Luftballon. Beim Buch sinken Liz' Arme, beim luftigen Spielzeug steigen sie. »Unser Geist«, sagt Bell, »ist eine wunderbare Maschine, mit einer Software, die wir beliebig nutzen können.«

Und damit wir auch genug Material für unsere interne Festplatte haben, noch schnell ein paar Grundregeln der Diätkunde: Weniger essen (Bell meint, von allem die Hälfte); gesünder essen (weniger Fett, mehr Kohlehydrate, Vorsicht bei Zucker, Nikotin, Koffein, weil die den Stoffwechsel in Streßzustand versetzten, und Streß erzeuge immer irgendwie Hungergefühl); sowie unbedingt Sport (zweimal pro Woche, anfangs 20 Minuten, danach langsam steigern). Man dürfe sich aber auf keinen Fall verrückt machen lassen. Bell: »Essen ist Benzin für den Körper, wir brauchen es. Ihre innere Einstellung muß gewinnen, nicht der Magen.« Und dann legt er eine Tonbandkassette ein: »Schließen Sie die Augen, spüren Sie Ihren Atem.« Und Bell spricht.

Ich fühle mich ruhig … entspannt … habe mich unter Kontrolle … ich werde weniger essen … mehr Energie haben …

Psychedelischer Sound wabert durch den Raum. Schlagartig wird einem angenehm blümerant, und dann ist da komischerweise tatsächlich nichts mehr, außer einem hellen Schein und Bells einfühlsamer Stimme.

Ich werde essen, was gut für mich ist … von jedem Schokoriegel nur die Hälfte … Ich werde gesünder sein … ich werde wieder taillierte Kleider tragen …

Mensch, noch mal die alten Hosen. Wieder mit gutem Gewissen an den Strand. Der Körper wird leicht, luftig der Kopf. Die Zeit scheint zu stehen, die Welt zu zerfließen in einem weichen, warmen Schmelz. Und von weit, weit entfernt dringen Sätze ans Ohr.

Ich treffe positive, liebevolle Entscheidungen … ich sehe mich im Park laufen … ich gefalle mir … ich bin schlank … ich bin schön … schön … schön …

Als alle wieder zu sich kommen, sagt Bell: »Wir leben nach unseren eigenen Worten, nach dem, was wir uns einreden. Tun Sie mir den Gefallen, sagen Sie sich das Richtige.«

How to Make Someone Fall in Love with You
Das Ratatouille der Gefühle

Erinnert sich noch jemand an Leil? Leil Lowndes, jene drahtige Blondine mit dem roten Kostüm, dem roten Halstuch und den rotlackierten Fingernägeln, die vor kurzem einen Kurs gab in Sachen Kommunikation ohne Grenzen. ›How to Talk to Anybody About Anything.‹ Es ging dabei um charmantes Phrasendreschen und geschmeidiges Palaver für Anfänger. Und am Ende hätte man fast glauben können, wer nicht mit jedem über alles mögliche plauschen kann, habe eine ernsthafte Behinderung.

Da haben wir sie also wieder. Drahtig, blond, graues Kostüm, graues Halstuch, silbrig lackierte Fingernägel, und diesmal kommt es noch besser. Mrs. Lowndes bringt uns heute etwas bei, das an die Quadratur des Kreises erinnert und für das man freiwillig ganz viel Geld bezahlen würde, gäbe es ein Patent dafür. Man bezahlt aber bloß 29 Dollar, trägt ein Namensschild und schon darf man sich reinziehen, wie man jemanden in sich verliebt macht. ›How to Make Someone Fall in Love with You.‹ Die nächste Stufe ist wohl barfuß über den Atlantik, oder? War nur ein Spaß.

Zunächst fragt man sich, weshalb man zum Verlieben die gute Leil braucht. Verlieben ist ein Naturgesetz oder zumindest so was Ähnliches wie Grippe. Es kommt ohne Vorwarnung, bleibt eine Weile, macht das Herz weich, die Birne hohl, den Bauch löchrig, die Knie instabil und sorgt für mysteriöse Rangierarbeiten im Stoffwechsel. Die Liebe ist ein seltsames Spiel. Da gibt es nichts zu lernen, das erträgt man mit Demut und in der Hoffnung, nicht wahnsinnig zu werden.

Okay, wir sind in Amerika, einem Land, in dem Demut und Hoffnung nur bedingt vor Wahnsinn schützen. Und wenn es ums Verlieben und die damit verbundenen mißlichen Umstände geht, handelt es sich hier offensichtlich um ein Irrenhaus, bei dem die Patienten ständig Ausgang haben. Erinnern wir uns nicht an die hochinteressanten Filme eines gewissen W. Allen, bei denen man den Eindruck hat, Liebe sei eine menschliche Abart des Rinderwahnsinns? Allen ist New Yorker und prädestiniert für so ein Sujet, weil in Gotham 3,1 Millionen Singles leben. Jeder Zweite zwischen 20 und 50 ist hier von diesem Zustand befallen.

Darum stapeln sich vermutlich auch in amerikanischen Buchhandlungen Bestseller, die in etwa so angelegt sind wie Kochbücher und Titel haben wie ›Women are from Venus‹, ›Men are from Mars‹ (John Gray, Ph.D.) oder ›The Idiot's Guide to Dating‹ (Dr. Judy Kuriansky). Es sind teils groteske, teils witzige Anleitungen dafür, beim Tête-à-Tête nichts anbrennen zu lassen. Aber ist schon mal jemand durch das Studium einer Rezeptsammlung zum Bocuse aufgelaufen wie ein schaumiges Soufflé, um im Bild zu bleiben? Und dann erst Verlieben, Liebe, das große Ratatouille der Gefühle? Wie man das anrichten soll, möchte man sehen. Die Frage, was Dating ist, müssen wir auf später verschieben.

Erst mal zum chemischen Teil der Sache. Leil sagt, Verliebtheit würde ausgelöst durch ein Hormon, das sie englisch

Phenylethylamine nennt. Sollte es sich dabei um so was Ähnliches handeln wie Phenyläthylalkohol oder Phenylamin, hätte man schon verstanden. Das eine ist eine Substanz, die in Rosenöl enthalten ist, das andere ein farbloses Gift. So weit, so prekär. Riecht gut und kann fürchterliche Folgen haben. Und passenderweise müssen alle gleich einen Fragebogen ausfüllen, wobei es Punkte für jede Antwort gibt und alle erschrocken feststellen, daß sie bei der Besetzung der Hauptrolle in ihrem Liebesleben bislang grandiose Fehlentscheidungen getroffen haben. Leil: »Nun, das kommt in den besten Familien vor, nehmen Sie nur mal Prinzessin Diana. Wir können es zum Glück noch mal neu probieren.«

Entsprechend ermuntert, schleichen auf Leils Kommando die ersten Freiwilligen nach vorne. Erschütternde Szenen spielen sich nun ab. Ein Herr namens George und eine Dame namens Laura verlieben sich coram publico dergestalt ineinander, daß die Szene in jedem Bauerntheater gut aufgehoben wäre. George muß »die Technik mit den Superkleberaugen« (Lowndes) anwenden, Laura »Schlafzimmerblick mit Kopf zurückwerfen und warmen Gedanken« (noch mal Lowndes) kombinieren. George hilft Laura ins Jackett und streicht ihr Haar zurecht, Laura leckt sich die Lippen und starrt George auf die Gürtelschnalle. Weitere todsichere Tips zum Phenylethylamine-Schock sind Komplimente (»Ich liebe den Geruch Ihrer Lederjacke«), geniale Gesprächseinleitungen (»Kann ich die Olive in Ihrem Martini sein?«) und Angebote zum gemeinsamen Verbringen der Freizeit (»Ich habe Saisonkarten für die Chicago Bulls«). Meldet sich der tatsächlich gutaussehende Don: »Verdammt, mich schauen öfter Frauen an, die den Kopf zurückwerfen und sich die Lippen lecken. Heißt das, ich habe nie kapiert, was die wollten?«

Männer, meint Leil, kapierten sowieso nichts, niemals,

offenbar handele es sich hier um eine genetische Fehlkonstruktion. Warum? »Weil sie nicht wissen, was Frauen wollen.« Don und seine unsensiblen Geschlechtsgenossen dürfen dann folgendes erfahren: Frauen wollen Männer, die ihr Leben im Griff haben; Frauen wollen in romantische Restaurants ausgeführt werden; Frauen wollen aufregende Dinge erleben; Frauen wollen unterhalten werden. Und Frauen wollen, daß man sie nicht nur wegen ihres Äußeren begehrt. Lowndes: »Alles Ergebnisse solider Erhebungen.«

Eine gewisse Sally meldet sich und sagt, sie habe in einer Frauenzeitschrift gelesen, daß Frauen auch wollen, daß man sie ernst nehme und über ihr Leben befrage. Als Kronzeuge sei der spanische Sänger und Akkordstenz J. Iglesias angeführt worden, der behauptet haben soll: »Wenn sie Zahnärztin ist, spreche ich mit ihr über Zähne.« Da sinkt die Kinnlade und bleibt der Mund offen vor Staunen. Tausende von Frauen abgeschleppt, und niemand wußte bislang, wie der das macht. Mit Smalltalk über Parodontose und Mundfäulnis und dann ab unter die Bettdecke. Don fragt bloß noch, ob Leil auch wisse, was Männer wollten. Leil: »Das ist nicht so wichtig, zwei Drittel aller Hochzeiten entstehen auf Betreiben der Frau.« Was soll man sagen, sind alles solide Erhebungen.

Nun wäre es an der Zeit, Dating zu erklären. Dating gehört in Amerika zum Verlieben wie Ahornsirup zu Buttermilchpfannkuchen. Es ist ein Ritual, soviel steht fest. Kein Amerikaner kann es schlüssig erklären, Ausländern kommt es vor wie Kindergarten für Erwachsene. Wenn man sich verlieben will oder bereits in jemanden verguckt hat, geht man zu einem Date. Auf gut deutsch, man trifft sich, ist nett zueinander, macht ein fürchterliches Brimborium mit teuren Restaurants und anschließend teuren Drinks mit dem Ziel, ein zweites Date zustande zu kriegen. Das zweite Date? Siehe erstes Date. Das dritte Date? Siehe zweites Date. Verläuft das dritte Date immer noch erfolgreich, hat man Sex. Wenn nicht, ruft man nie wieder an.

Das will keiner, klar. Deshalb macht man es sich beim Daten die ganze Zeit recht flauschig und erzählt ohne Punkt und Komma tolle Sachen über sich, wobei aus einem Schuhverkäufer schon mal ein kaufmännischer Angestellter im Modebusiness wird und aus einer Friseuse eine Haardesignerin. Und der kaufmännische Angestellte sagt, wie bewundernswert er doch Designerinnen finde und die umgekehrt, daß sie Mode liebe. Lowndes: »Das Spiel heißt nicht, wie bin ich ehrlich, sondern wie schaffe ich es, daß sich jemand in mich verliebt.« Immerhin spielen Männer dabei partiell die Hauptrolle, weil sie unverschämter lügen müssen (darüber, wie sie ihr Leben im Griff haben zum Beispiel) und gerechterweise die ganze Dating-Chose bezahlen dürfen. Leil: »Greifen Sie tief in die Tasche, meine Herren, holen Sie die goldene Kreditkarte raus.«

Man hätte nun gerne viele Fragen gestellt. Etwa, was man macht, wenn rauskommt, daß man doch bloß Schuhverkäufer ist. Oder wie man das hinkriegen soll, immer Komplimente zu machen. Ganz zu schweigen davon, wie Männer das finanziell durchhalten sollen, selbst goldene Kreditkarten haben ein Limit. Kein Problem, sagt Leil: »Wenn der eine den anderen mag, ist ihm das nach geraumer Zeit egal, und Sie müssen nicht mehr daten, dann essen Sie zu Hause Hühnchen mit Pommes und gucken zusammen TV. Denn inzwischen haben Sie bereits das Herz des anderen mit dem Killerkompliment erobert.«

Leils Kurse sind voller Überraschungen. Killerkompliment. Das hört sich nun aber gefährlich an. Lowndes: »Es geht so: Sie fragen Ihren Partner, was er sich als Inschrift auf seinem Grabstein wünscht. Wir üben das jetzt gleich mal.« Nach vorne kommen Sarah und Bill. Sarah sagt: »Auf meinem Grabstein soll stehen: ›Sie war eine Frau, die durch ihre Liebe im Leben anderer etwas verändert hat.‹« Bill, nicht doof, macht das Killerkompliment: »Sarah, ich liebe dich, weil du durch deine Liebe in meinem Leben etwas verändert hast.« Leil: »Ist es nicht das Schönste, was man hören kann, wenn jemand sagt, man werde geliebt für das, wofür man sich selbst liebt?«

Minutenlang sind alle gerührt. Und, ach, weil Leil doch alles so gut wisse, fragt nun der flotte Don, wie es denn in ihrem Liebesleben aussehe. Leil erzählt von diesem wunderbaren Mann, den sie zuletzt kennengelernt hat und der so charmant gewesen sei, dessen Superkleberblick sie sich nicht entziehen konnte, bis sie Rosenöl in der Nase gehabt habe und Phenylethylamine in der Blutbahn. Der Mann habe gesagt: »Leil, wenn ich 16 wäre, würde ich sagen: ›Ich glaube, ich liebe dich. Weil ich aber 48 bin, weiß ich, daß ich dich liebe.‹« Sie hat ihn dann doch nicht genommen. Er war ihr zu klein und zu dick.

Overcoming Adversity
Gelebtes Leid, gemeistertes Leben

Es war ein Tag im August 1943, brütend heiß, und die Bahngleise, die in die Hölle führten, schienen sich zu verbiegen in der flirrenden Hitze. Da stand sie in zerfetzter Unterwäsche, Mantel und einem Handtäschchen. Ringsum baumlose Einöde, nichts als Staub und Steine, irgendwo außerhalb der polnischen Ortschaft Oświęcim. Vor Schmerzen und Erschöpfung konnte sie kaum noch laufen. Und doch ist sie bei Rainer und Fritzi geblieben, wider alle Vernunft. Warum? War es ein glücklicher Zufall oder Instinkt, Intuition? Richtig erklären kann sie es bis heute nicht. Sie sagt: »Vielleicht war es mein unerschütterlicher Wille zu leben, der mich unterbewußt leitete. Ich weiß nur, daß ich dem Tod nie näher war.«

Sie gehörte zu 120 Überlebenden eines Transports aus Brüssel. 1700 Menschen waren dort wie Schlachtvieh auf Güterwaggons verladen worden. Und es war eine schreckliche Reise in einem fensterlosen Verschlag, begleitet von Hunger, Durst und Atemnot. Vor allem aber von Verzweiflung. Als unterwegs der Zug stehenblieb und Hunderte vor Angst fast wahnsinnige Menschen versuchten zu fliehen, war sie eine von denen, die spürten, daß es eine Falle war. Maschinengewehrsalven, ein Blutbad, dann rollte der Zug weiter durch beschauliche Landschaften, über den Boden des Tausendjährigen Reichs: »Wir waren Verdammte, es gab kein Entrinnen, nur die Hoffnung, daß man uns leben läßt.«

Auf der Tafel stehen noch die Notizen aus dem Sozialkundeunterricht vom Vormittag: Why do/don't people rebel? What leads people to change? What would you be willing to fight for? What is freedom? Auf einem burgunderrot gepolsterten Bürostuhl davor sitzt Silvie Grohs-Martin, 81, und erzählt ihre Lebensgeschichte. Und irgendwie bekommen die Fragen hinter ihr nun beklemmende Gültigkeit, aber eine, die sich den Schülern wenige Stunden vorher wohl kaum erschlossen hat.

Was hat Freiheit für Silvie bedeutet, als sie in Auschwitz ankam? Wofür wäre sie bereit gewesen zu kämpfen? Wie hätte sie sich ändern können, wann rebellieren, wann nicht? Zu große Fragen damals. Ihr Schicksal hatte sich auf eine banale Entscheidung reduziert. Die hatte ihnen ein Mann überlassen, der auf einem Feldweg stand. »Er war eine fantastische Erscheinung«, so erinnert sich die rothaarige, zerbrechlich und energisch zugleich wirkende Dame, »groß, makellos sauber, ebenmäßig schön«. Aufmunternd hatte er gesagt, wer Kraft habe zu gehen, solle nach links wegtreten, für die anderen stünden rechts Lastwagen bereit.

Wer der Mann war, sollte sie erst später erfahren, auch, daß er Kinder, Hunde und sadistische Spielereien liebte, der Lagerkommandant Rudolf Höß. Ihre Freunde gingen nach links, eine Mutter wurde von ihrem zehnjährigen Mädchen, das für Autos schwärmte, ins Verderben gezogen. Als Silvie nach einem langen Fußmarsch das Tor mit der Aufschrift »Arbeit macht frei« passiert hatte und nach denen fragte, die gefahren wurden, deutete eine Aufseherin in den Himmel und sagte: »Die sind schon da oben, und ihr seid die nächsten.«

Vier Frauen und vier Männer verlieren sich in einem Klassenzimmer einer Hauptschule in Manhattans 25th Street, Ecke Park Avenue. Nur acht schweigsame Besucher, drei davon Freunde von Mrs. Grohs-Martin, obwohl man fast eine halbe Stunde auf Nachzügler gewartet hatte. Und natürlich ist das eine Schande, nicht nur weil diese in ihrem Buch ›Silvie‹ festgestellt hat: »Man sagte, ich gehöre zur verlorenen Generation. Nun, heute sieht es so aus, als gehörte ich zur letzten Generation. Was wird passieren, wenn wir nicht mehr sind? Wer wird den Kampf fortsetzen gegen die Erben der Nazis? Unsere Nachkommen? Wird es irgend jemand tun? Hört man uns überhaupt noch zu?«

Gäbe es nicht den Filmregisseur Steven Spielberg (›ET‹, ›Schindlers Liste‹, ›Jurassic Park‹) und seine Survivors of the Shoa Visual History Foundation, hätte die bewundernswerte Silvie vielleicht tatsächlich kein Publikum. »Dabei ist so ungeheuer wichtig, daß sie uns von sich erzählt«, wie eine Mitarbeiterin Spielbergs einleitend sagte, »denn Silvie hat ›Adversity‹ neu definiert.« Weshalb der Titel ihres einmaligen Gastauftritts bei Learning Annex ›Overcoming Adversity‹ lautete. Das Wort steht für Unglück, Mißgeschick, Not, Elend. Und bei allem, was die einst bildschöne Frau durchgemacht hat, sind das beinahe euphemistische Vokabeln. Sie sagt: »Nichts, was Sie gelesen oder gehört haben, nichts kommt dem nahe, was es war.«

Silvie kam im Frühling 1919 zur Welt, kurz nach ihrer Schwester Elly. »Mein Kampf mit dem Leben begann am ersten Tag«, sagt sie, »Zwillinge waren damals noch ein ungewöhnliches, unerforschtes Ereignis. Die Ärzte erklärten meiner Mutter: ›Sie wird es nicht schaffen, sie ist zu schwach.‹« Doch sie schaffte es, wurde ein verträumtes Mädchen, das bereits mit vier Jahren Theater spielte, nichts von alledem verstand und erst als Teenager begriff, was es bedeutete, jüdisch zu sein: »Meine Welt waren der Applaus und die Bühne, ich hatte nichts anderes im Kopf.« Und viel hat sich wohl nicht geändert, das spürt man an diesem Abend nicht nur, wenn sie plötzlich ihre Arme ausbreitet, um eine Episode zu untermalen, oder mit ihren grünen, strahlenden Augen kokettiert. Und natürlich wäre alles anders gekommen, hätte sie Amsterdam rechtzeitig verlassen, anstatt weiterhin in der legendären Schouwburg aufzutreten, den gelben Stern längst am Kostüm.

Das Glück der anderen war ihr Glück, die Bühne wichtiger als ihr eigenes Leben. »Wir waren doch ein geheiligter Hafen für diese betrübten Menschen, in dem sie für ein paar Stunden glücklich sein konnten«, sagt sie. Doch als die Nazis die Schouwburg zum Internierungslager umfunktionierten und holländische Kopfgeldjäger sie im April 1943 beinahe in ihrem Versteck aufgespürt hatten (»Sie waren draußen auf der Treppe, ich konnte sie riechen, ihren Atem spüren«), floh sie wenig später mit gefälschten Papieren, geborgtem Geld und ein paar Habseligkeiten. Sie wollte in die Schweiz und landete, verraten von einem schönen Mann namens Max, im Gestapo-Hauptquartier in Brüssel. Von dort wurde sie nach Malin, 30 Kilometer südlich der belgischen Hauptstadt, deportiert. Die nächste Station war Auschwitz, der Rest nichts als Horror. »Ich wurde Nummer 51841. Nie wieder vergesse ich das Gefühl der Erniedrigung und Entmenschlichung, wenn man dir deine Identität wegnimmt.«

Man kennt die Zahlen, Daten, Fakten. Sechs Millionen Juden fielen dem Holocaust anheim, lediglich eine Million überlebte die sogenannte Endlösung in Westeuropa. Ein Genozid ohne Beispiel, der für immer wie ein unauslöschlicher Schandfleck auf Deutschland lastet. Und gerade in den

USA kann es einem durchaus passieren, daß man im Hotelaufzug angesprochen wird, von einem älteren Herrn, der auf den Unterlagen der Mietwagenfirma den deutschen Namen entdeckt und sagt: »Ich hasse euch SS-Schweine!« Und was bliebe einem schon als Rechtfertigung? Die Gnade der späten Geburt? Das Mitgefühl mit den Angehörigen der Opfer (deren Leid man wohl nie nachempfinden kann)? Die britische Historikerin Mary Fulbrook hat festgestellt: »Ein Massenmord, verübt durch eine in hohem Maße kulturelle Nation, wirft Fragen auf, die beinahe unmöglich zu erörtern, geschweige denn zu beantworten sind.«

Sie werden um so quälender, wenn man mit dem konfrontiert wird, was Statistiken nicht vermitteln: dem Gesicht eines Opfers, der Vita einer Person, die diesen grausamen Wahnsinn erleben und drei Jahre lang tagtäglich um ihr Leben bangen mußte. Und daran ändert auch wenig, daß Silvie ohne Verbitterung referiert, nicht anklagt, nicht zetert, nur erzählt, was war. Daß sie neben Toten schlafen mußte. Sah wie Freunde abgeholt wurden und nicht wiederkamen. Wie Verdurstende stinkendes Wasser tranken und jämmerlich an Typhus krepierten. Wie Wärter willkürlich über Leben und Tod richteten. Und wie eine Gruppe Mädchen ihrer Mutter zum 40. Geburtstag ein Ständchen brachten. Das Lied handelte von einer jiddischen Mamme, die alles für ihre Kinder tut. Silvie: »Sie wußten, daß Frauen mit 40 noch am selben Tag in die Gaskammer gebracht wurden.«

Wie sie das alles überlebte, dazu die Seuchen, die Unterernährung, die Schläge, die Verletzungen, drei Monate Kerker? Warum sie nicht durchgedreht hat? »Vielleicht weil ich immer aufrecht blieb, bis zuletzt um meine Würde kämpfte«, sagt Silvie zaghaft und lächelt, »aber wer weiß das schon? Anderen hat nur der geringste Widerstand im KZ das Leben gekostet.« Sicher, sagt sie, sie sei zäh gewesen, unbeugsam, habe sich ihre Peiniger stets mit heruntergelassenen Hosen auf der Toilette vorgestellt (»So verliert man vor jedem die Angst.«). Doch vielleicht, meint sie, lag es daran, daß sie verstand, sich immer in Szene zu setzen. Sie liebte die Bühne bis ins unvorstellbare Elend: »Ich war die größte Schauspielerin im verrücktesten Theater des Universums.« Den Nazis, glaubt sie, habe das gefallen. Silvie: »Man darf nicht aufgeben, verstehen Sie? Niemals, es gibt immer einen Weg.«

Im Mai 1945 wurde Silvie mit 700 weiteren KZ-Insassen in Ravensbrück befreit. Ein Konvoi des schwedischen Roten Kreuzes sollte sie nach Dänemark bringen. 20 Kilometer vor Lübeck geriet die Kolonne zwischen britische Bomber und deutsche Stellungen. Kurz vor dem rettenden Ziel, nach all dem Leid, fand sie sich halb bewußtlos und blutend wieder zwischen abgerissenen Körperteilen und Menschen, die zerquetscht waren wie Spielzeugpuppen. Ein US-Soldat namens Johnny trug sie acht Kilometer durch den Wald bis zum nächsten Krankenlager, wo er ihr von Amerika erzählte, dem Land, in dem man keine Genehmigungen brauche, jeder frei sei und wo alle, nicht nur die Reichen, ein Auto besäßen. Und nach dem Krieg hat sie gefunden, was Johnny versprach: »Ein wunderbares Land.« Nur Johnny hat sie nicht mehr gefunden, sie glaubt, er starb in derselben Nacht, und sie hat es bis heute nicht überwunden.

Steven Spielberg hat Silvie Grohs-Martin zusammen mit drei weiteren Personen unter tausenden KZ-Überlebenden für seine CD-Rom über den Holocaust ausgewählt. Spielberg meint: »Silvie ging durch eine der dunkelsten Perioden der Geschichte, doch sie erinnert uns daran, daß ganz gleich, welche Härten wir ertragen müssen, der Geist der Humanität immer triumphiert.« Silvie sagt: »Ich mußte leben, ich konnte mir einfach nicht vorstellen, daß ich geboren wurde, um so jämmerlich zu sterben. Ich wußte, ich muß erzählen, von welch unschätzbarem Wert das Leben und jedes einzelne Lebewesen ist. Dieses Stück wurde für mich geschrieben, und meine Aufgabe war, es auf die Bühne zu bringen.« Und wer das hört, stellt sich unweigerlich die Frage: Gilt das letztlich nicht für unser aller Schicksal?

Nicht aufgeben, hören Sie? Niemals. Es gibt für jeden einen Weg.

Witchcraft & Modern Wicca
Sex, sagt die Hex'

Was einem zum Thema Hexe einfällt? Vielleicht Hexenbesen, Hexeneinmaleins und Walpurgisnacht. Und sonst? Vielleicht noch Hexenkraut (Circaea lutetiana, staudiges Nachtkerzengewächs) und Hexenschuß oder Lumbago, wie es der Hausarzt nennen würde. Aber heutzutage, glauben wir da noch an Abrakadabra, zweimal schwarzer Kater? Quatsch, niemand reitet auf Besen durch die Nacht. Hexen? Gibt es nicht.

Außer in Amerika. In Amerika gibt es alles. Hier macht man beispielsweise am Sonntagmorgen um halb elf die Glotze an, und sieht einen scheinheiligen, aufgeregt krakeelenden Herrn mit schweißfeuchter Stirn unter einem Toupé und durchschwitztem Hemd, neben ihm eine fluoreszierende, sich auf einem Tischchen drehende Kristallpyramide. Das Publikum in irgendeiner monströsen Sportarena klatscht dazu tausendfach rhythmisch in die Hände. So was nennt sich zum Beispiel Gottesdienst, ist aber ein parapsychologischer Fall ganz anderer Art, auf den wir aus Platzgründen hier nicht näher eingehen können.

›Witchcraft & Modern Wicca‹ nennt sich der Kurs Nummer 273 bei Learning Annex an diesem Mittwochabend, und er verspricht laut Prospekt: »Wie Sie Ihre magischen Fähigkeiten entdecken.« Witchcraft muß man hier wohl mit Hexenmeisterei übersetzen, und Modern Wicca ist das, was sich Jennifer Hunter nennt. Seit sie 16 ist, wirkt sie mit geheimnisvollen Kräften, weil sie »immer auf der Suche war nach einem Sinn im Dasein« und nun »stolz darauf ist, eine Hexe zu sein«. Und sie ist natürlich nicht alleine. »Überall im täglichen Leben begegnen einem Hexen«, sagt Frau Hunter. Soll heißen, Linda Tripp (Präsidentenjägerin, Washington) und Gundel Gaukelei (Dagobert Ducks Comicfeindin, Entenhausen) sind nicht die einzigen ihrer Spezies.

Es fängt damit an, daß Frau Hunter gar nicht aussieht wie die verhärmte Mrs. Tripp oder die flotte Gundel, sondern wie die Kassiererin in der Duane-Reade-Drogerie im Busbahnhof nahe des Times Square: rundes Gesicht, große Hornbrille, ungewaschenes Haar. Unter einer Kutte wie ein Regenmantel verbirgt sie geschätzte 250 Pfund Lebendgewicht. Doch wir sind ja auch nicht auf einer Modenschau. Auf einem Tisch in der Mitte des Schulungsraums stehen Kerzen, Räucherstäbchen liegen neben einem Dolch, einer Plastiktüte mit mysteriösem roten Pulver, einem monströsen Wildschweinhauer, einem Stück Horn, einem Haufen bunter Kordeln und einem Stein mit dem eingravierten Buchstaben A. So ein Altar, erfahren wir später, ist genauso wichtig für Hokuspokus und Zauberei wie ein Tagebuch, das Frau Hunter ›Buch der Schatten‹ nennt.

Daß man sich fortan im Reich der Dunkelheit bewegt, merkt man gleich daran, daß Wicca Jennifer das Licht ausmacht. Um den Altar herum wird ein Kreis gebildet. Frau Hunter erklärt nun zum etwas penetranten Geruch der glühenden Duftstäbchen, daß es keinen Unterschied zwischen Schöpfer und Schöpfung gibt, Sexualität und Körper heilig sind, alle Anwesenden einen Zugang zu Gottheiten haben, jede Hexe eine Priesterin ist und schließt ihre Einleitung mit pathetischem Gemurmel: »Magie ist wahr, Magie funktioniert, und jeder hat die Fähigkeit, sie zu benutzen.« Alle fassen sich an den Händen. Stille. Rauchschwaden. »Fühlt ihr die Energie, hört ihr die Geräusche?« Was man fühlt, sind die Schweißhände der Nebenstehenden, und was man hört, ist das Klingeln von Nellis Handy. Abgang Nelli (türkiser Lidschatten, kirschroter Lippenstift, blondiertes Haar und damit der Prototyp einer russischen Emigrantin aus Brighton Beach, Brooklyn). Licht an.

Bis jetzt hat man also noch gar nichts kapiert, aber so gewöhnt man sich gleich an die Sache. Es wird nämlich noch ein grotesker Abend mit zwei Dutzend Frauen, von denen sich eine Rainbow Darkly nennt, zwei Hexenbünden angehört und Winterschlaf hält, einer anderen okkulten Meisterin namens Obsidiana mit blonden Zöpfen wie Pippi Langstrumpf sowie der ganz in Schwarz gekleideten Judy, 51, Hohe Priesterin einer nach Proteus (verwandlungsfähiger Meeresgott rsp. Gattung der Olme) benannten Verbindung. Zwei Männer sind auch gekommen: der Inder Singh und Bill, der mit seinen protzigen Goldkettchen (Hals, Handgelenk), goldenen Ringen (links, rechts) und seinem arroganten Dauergrinsen ein bißchen bescheuert aussieht. Außerdem weiß er die ganze Zeit alles besser, sagt aber: »Ich werde einen Teufel tun, zu erzählen, wie und was ich zu Hause praktiziere.« Zu ihm später mehr.

Erst mal verschaffen sich die Zauberlehrlinge Zugang zu den Gottheiten. Die Runde spricht Jennifer nach: »Wir rufen nach Dir, Jungfrau/Du, die nicht gezähmt werden kann/Du, Anfang allen Anfangs/Du, die das Feuer der Sonne entzündet/Bring uns die Leidenschaft Deines Tanzes/Lerne uns zu sehen mit den Augen der Kinder.« Das sei, sagt Frau Hunter, wie beim Internet: einloggen, anmelden, Verbindung steht. Und weil nun alle Priesterinnen sind und Pagane, wie männliche Hexenmeister genannt werden, ist gegenseitige Ehrerbietung angesagt. Finger werden in geweihtes Öl von India Arts in San Francisco (Hunter: »Kann ich sehr empfehlen«) getaucht, und der Nachbar im Kreis malt einem ein Zeichen auf die Stirn. Und schon hört man die wildfremde Person nebenan sagen: »Tschö-rahrd, du bist göttlich.«

Das kommt zweifelsfrei überraschend, ist aber nicht wirklich unangenehm. Wer wollte nicht göttlich sein? Eigentlich, so Jennifer, muß man dazu nur ein paar Grundsätze erkennen und befolgen. In der Physik vor allem. Hunter: »Alles ist Energie, es gibt ein hohes Energielevel und ein niedriges Energielevel.« Und es gebe Menschen, die einem Energie wegnähmen, wie zum Beispiel die Schwiegermutter. Danach kommt Nachhilfe in Religion. Hunter: »Christus wurde nicht an Weihnachten geboren; die Quelle Gott kann man nicht beschreiben, es ist kein alter Mann mit weißem Bart.« Gott, meint Jennifer, »ist weiblich. Ich stelle mir Gott vor wie die Venus von Willendorf. Das ist in Österreich und dort gibt es die Statue einer schwangeren Frau mit riesigen Brüsten.« Der Vortrag gipfelt dann in Hunters Ausführungen über den Zyklus des Jahres und seine prägnantesten Tage. Die heißen Samhain, Yule, Imbolc, Ostara, Beltane, Litha, Lughnassadh und Mabon. Für Laien: Es handelt sich dabei um die Sonnenwenden, Tagundnachtgleichen und die Wendepunkte dazwischen, Hochzeiten der Hexenmeisterei.

Über ihre Ausführungen hinweg ist Wicca Jennifer nun aber ganz müde geworden. Weshalb nur noch kurz über Grounding und Centering gesprochen wird. Hunter: »Spüre, daß du Kind der Mutter Erde bist, lasse deine schwarze Energie entweichen.« Folgt eine kleine Abhandlung über Shielding. Hunter: »Errichte einen Energieschild.« Man könne, meint die Dozentin, Hexen daran erkennen: »Es ist der silberne Schein um ihren Körper.« Dazu, meint nun der Inder Singh, müsse man aber das Feuerelement beherrschen. Ja, das Feuerelement, seufzt die Lehrerin, »das ist jetzt zu verwirrend«. Und Bill sagt, er sei seit 20 Jahren praktizierender Pagan, weshalb es ihm wichtig wäre, auf Reinigungsrituale hinzuweisen. Ja, die Elemente, sagt Frau Hunter, und die Rituale, das stünde alles in ihrem Buch (›21st Century Wicca‹, 12,95 Dollar, Citadel Press), »jetzt aber Beeilung, sonst kommen wir nicht mehr zu unserem Zauberspruch«.

Jeder nimmt sich daraufhin eine der bunten Kordeln. Die Spielregeln sind einfach und verlockend. Man darf sich was wünschen. »Jemandem schaden, mehr Sex, Erfolg im Beruf, alles, was man will«, sagt Jennifer. Wer glaubt schon, daß man sich Sex erzaubern kann? Doch nicht etwa der finstere Bill? Er steht gegenüber von Tara, einem hübschen Mädchen mit Sommersprossen und süßen Korkenzieherlocken, und starrt unverschämt aufdringlich abwechselnd auf ihre Brüste und ihren Genitalbereich. Dann geht es los. Sie habe da eine todsichere magische Formel entwickelt, zu deren neun Strophen man nur jeweils einen Knoten in die Kordel machen müsse, sagt die Wicca Jennifer. Heftiges Geknüpfe, während sie deklamiert: »Wenn es nicht schaden tut/Magische Wahrheit und Mut/Bring es zu mir/Öffne die Tür/Erwecke die Hoffnung/In der Bänder Mischung/Zur Erde herunter/Alle Zweifel gehen unter/Die Sache gehört mir.«

Rätselhafte Hexenkunst. Ein Journalist habe sie mal gefragt, warum sie nicht im Lotto gewinne, wenn sie zaubern könne, erzählt die Dozentin, während sie nun ihren Altar einpackt. Gute Frage. Warum eigentlich nicht? Sorry, meint die

Wicca dann, sie wolle jetzt nach Hause. Ihr ginge es nicht besonders, ihre Psychotherapie schlauche sie im Moment schrecklich, selbst die Antidepressiva, meint sie, hülfen in letzter Zeit nicht mehr.

Tja, wir rufen nach Dir, Jungfrau …

How to Marry Rich

Auch Millionäre sind nicht gern allein

Eigentlich ist es geschmacklos, regelrecht schamlos. Und es ist schon so, daß man sich ein bisschen zusammenreißen muß, das alles unwidersprochen hinzunehmen. Aber was für ein Vortrag, was für ein Tremolo zum Finale. Ginie flötet: »Moral kreiert kein Geld.« Ginie dröhnt: »Wir sind alle Geber und Nehmer, aber wenn du nimmst, nimm dir soviel du kannst.« Ginie schmettert: »Gefühle orientieren sich an Geld, keine Ausnahme.« Ein Satz wie die Salve eines Hinrichtungskommandos. Ginie legt noch mal nach. Mit erhobener Stimme. Flehend. Fordernd. Unmißverständlich. Ultimativ. »Hören Sie mir zu, ich will, daß Sie sich das gut merken: Gefühle orientieren sich an Geld, keine Ausnahme.«

Okay, okay, ist ja gut. Wir haben kapiert. Wenngleich: Wer dazu bis jetzt gebraucht hat, muß unbedingt zum Arzt. Drei Stunden sind inzwischen vergangen, und wir haben die zehn häufigsten Gewohnheiten der Reichen hinter uns, todsichere Tips, wo man Millionäre findet und wie man sich ihnen nähert sowie eine Einführung in die Tücken des Ehevertrags. Wir haben Stories gehört über Ivana Trump und wer sonst noch alles oder wieviel auch immer abgezockt hat. Wir haben gestaunt über Dramen, in denen es um Brillantringe im Wert von 100000 Dollar, Galadiners und Champagner in Hotelsuiten ging. Jetzt reicht's, dann orientieren sich Gefühle halt an Geld.

Bei Ginie Polo Sayles ist das zweifelsohne so. Alleine schon optisch ist sie eine verdächtige Erscheinung. Wasserstoffblond, das Gesicht ein Wunderwerk der Schminkkunst, in der Hand eine funkelnde Rose (vergoldet, 24 Karat). Die Frau sieht aus wie eine Mischung aus Unternehmensberaterin und Friseuse, benimmt sich wie eine Laienpredigerin mit Hang zu großen Gesten und gymnastischen Verrenkungen, bis der Faltenrock flattert und es ihr zu warm wird im eigelben Jackett. In 25 Städten Amerikas hält die energische Dame Vorträge, und auch bei Learning Annex in New York leitet sie das Seminar Nummer 941: ›How to Marry Rich.‹ Denn Ginie weiß: »Die Reichen wollen auch heiraten – warum nicht jemanden wie Sie?«

Wie angle ich mir einen Millionär? Zunächst denkt man sich, so was gibt's bloß im Kino. ›Gentlemen Prefer Blondes‹, wer würde sich daran nicht erinnern? Es war Anfang der fünfziger Jahre. Die Monroe noch resch und fesch in der Rolle der Lorelei Lee. Brave Marylin, dummes Kind. Dazu Jane Russell herzerfrischend smart als Dorothy, und Charles Coburn schrecklich komisch als Sir Francis Beekman. Regie führte Howard Hawks. Ein Film für verregnete Sonntage. Im richtigen Leben geht es um aufrichtige Liebe und hehre Ideale, das weiß jeder, besser gesagt, denkt sich der verträumte Idealist.

Und wieder nichts. Ginies Haar mag zwar gefärbt sein, aber sonst ist sie ein Original, so eine Art diplomierte Millionärsjägerin. Das hat sie gleich am Anfang zugegeben, als sie erzählte, was sie nicht alles gemacht habe: sich auf erlesene Parties geschummelt; reichen Männern den Anrufbeantworter vollgequasselt mit eindeutigen Angeboten; sich vor die Kühlerhaube jedes exquisiten Mercedes geworfen. »Oh, ich war wild.« Oh, sie war auch ein bißchen böse. Vor zwölf Jahren hat sie ihrer besten Freundin den Geliebten ausgespannt und geheiratet. Reed Sayles, Ölbaron aus Houston, Texas. Daraufhin ist sie mit ihrer Geschichte und einem Bild in die Zeitung gekommen, und nach diversen Anfragen zu diesem Seminar. Ihre beste Freundin von damals hat jetzt eine andere beste Freundin.

Ginie Sayles' Seminar ›How to Marry Rich‹ (gibt es auch als Buch und Video) hat Struktur, Strategie, ob es funktioniert, bleibt zumindest an diesem Abend dahingestellt. In der US-Ausgabe der Frauenzeitschrift ›Cosmopolitan‹ wurde das Thema dennoch zu einer Titelgeschichte verarbeitet, wobei so getan wurde, als wäre Millionäre ködern ein Kinderspiel, und wobei eine gewisse Carole Monette die Hauptrolle spielte. Zitat Monette: »Drei Monate, nachdem ich Ginies Buch gelesen hatte, bekam ich einen Heiratsantrag und einen fünfkarätigen Diamanten. Sie hatte recht!« Wir übersehen jetzt kulanterweise, daß die Bilder in der Story gestellt waren, und unsereins bei solchen Magazinen und Frauen, die in Artikeln über Geld Monette heißen, ein unschöner Verdacht kommt. Den heiratswilligen Millionär, der nicht genannt wurde, hätte man vielleicht Mr. Cashman nennen können.

Zurück zur Realität. Bei Ginie (»Mein Vorbild ist Aschenputtel«) fing alles damit an, daß sie sich ein klar umrissenes Ziel steckte. Täglich stellte sie sich vor den Spiegel und sagte 21mal zu sich selbst: »Ich, Ginie Polo, verdiene einen reichen Mann.« 21 Tage später (»Es dauert 21 Tage, bis sich Gewohnheiten im Bewußtsein verankern«) zog sie in die beste Gegend von Houston, auch wenn die Wohnung klitzeklein war und sündhaft teuer. »Wer an Reiche will, muß dort leben, wo Reiche leben und selbst wenn man in einer Nußschale sitzt. Es ist wie bei Tee, man nimmt das Aroma an.«

Nach der innerlichen Reife ging die Metamorphose auch äußerlich ihrer Vollendung entgegen. Sie habe die Umgangsformen der Reichen studiert und ihre Klamotten (»Baumwolle, Schurwolle, Seide, nur natürliche Fasern«), und am Ende hätte man nicht mehr erkennen können, daß sie in bescheidenen Verhältnissen aufgewachsen war. Das kam ihr zugute, als sie sich anschließend bei Vernissagen, Golfturnieren, Autorennen, in Spielkasinos, auf Tanzparketts und überall sonst herumtrieb, wo sich der Geldadel amüsiert. Ginie sagt: »Wenn du einmal drin bist, bist du drin, dann ist egal, wo du herkommst.« Kurzum, man muß keine Monroe sein und das Leben kein Hollywood-Drehbuch mit Happy-End.

Man könnte jetzt drüber philosophieren, ob Geld glücklich macht. Und man könnte sich vor allem fragen, ob man vor so jemandem wie Ginie Polo Sayles viel Respekt haben muß, außer für ihre gnadenlose Ehrlichkeit. Respekt? Ist ihr schnurz. »Wenn mich jemand als Goldgräberin bezeichnet, dann sagt mir das mehr über die Gedanken dieser Leute als über mich.« Und wahre Liebe, hehre Ideale? Papperlapapp. »Heiraten war immer ein Geschäft. Früher haben die Herrscher zweier Länder ihre Kinder verkuppelt, um den Frieden zu sichern, heute heiratet man, um Vermögen anzuhäufen. Zuerst kommt der Deal, die Liebe kann später nachwachsen.« Klingt simpel. Ist aber schwierig. Gute Geschäfte machen will gelernt sein, meint Ginie. Regel Nummer eins: »Sich nie schlecht verkaufen.«

Ginie sagt: »Reiche lieben Winner, also man darf sich nie als Gescheiterte, Verliererin oder Anhängsel darstellen. Sie sind nicht das Callgirl, die Putzfrau, die Köchin, sie müssen begehrenswert sein.« Deswegen muß man mit vielen Männern ausgehen, damit man begehrenswert erscheint. Sex? »Ich empfehle Latexkondome.« Sonst noch was? Ginie: »Schnell heiraten, nie scheiden lassen und wenn, dann muß man es machen wie Ivana Trump.« Die hat im Kinofilm ›First Wives Club‹ eine kleine Rolle gehabt, in der sie als frisch geschiedene Femme fatale sagt: »Don't get mad, get everything.« In ihrem Fall betrug die Entschädigung für das Leben an der Seite von Amerikas dubiosestem und geschmacklosestem Unternehmer 45 Millionen Dollar. Ginie: »Die Frage ist, wird mein Leben substantiell besser, wenn die Ehe vorbei ist?«

Die bessere Hälfte von Ginies Deal war auch mitgekommen nach New York. Reed Sayles kontrollierte am Eingang die Teilnehmerliste, verkaufte in der Pause Videobänder und Lehrkassetten seiner Gattin. Ein penibler, unscheinbarer, etwas ruppiger, grauhaariger älterer Herr (sehr viel älter als Ginie, die allerdings ihr Alter nicht preisgibt), der den Eindruck erweckte, als hätte zu Hause er die Baumwollhosen an, die sich wenig attraktiv um sein breites Gesäß wölbten. Reed Sayles sagte: »Wohlhabende Männer wissen, welches Spiel Frauen spielen. Das ist wie in einer Spielbank – man verliert garantiert eine gewisse Summe Geldes.« Weil aber jeder bekommt, was er will, so Ginie, hielten Zweckgemeinschaften oftmals besser als »Traumehen zwischen Modellfiguren wie Barbie und Ken. Nicht unsere Gemeinsamkeiten müssen sich vertragen, sondern unsere Schwächen, unsere Defekte.«

Zum Abschluß werfen wir noch schnell einen Blick auf das, was gemäß Ginies Philosophie als Hauptpreis in der Lotterie des Lebens zu haben ist. Sie nennt die Prototypen ihrer Philosophie RMs. RM steht für Rich Mate, was man wiederum mit »reicher Lebensgefährte« übersetzen könnte. RMs gibt es nahezu ausschließlich in maskuliner Form, für den neben dem Reporter einzigen männlichen Kursteilnehmer gab es nicht allzu viele Anleitungen, lediglich zwei unverzichtbare Hinweise: Erstens reiche Witwen, zweitens wo sie sich gerne aufhalten: Wohltätigkeitsveranstaltungen.

Ganz anders die Auswahl für die 43 anwesenden Damen. Es gibt laut Ginie den RM alleine als stinkreichen Erben in drei Versionen. 1. Den schuldbeladenen. Der schäme sich, daß er soviel Schotter habe und werfe sich deshalb einer hilfsbedürftigen Frau, gerne auch mit Anhang, in die Arme. 2. Den Außenseiter, der seiner bornierten Mischpoke mit einer Stripteasetänzerin oder ähnlich Unpassendem eins auswischen will. 3. Den innovativen, den nach edlen Getränken und Abwechslung dürstet und der sich auf Künstlerinnen kapriziert. Und weil wir sonst nicht fertig werden bei den vielen Zielgruppen, nur noch ein paar Worte zum Selfmade RM. Workaholic, entscheidungsfreudig, dominant, bisweilen cholerisch, heiratsfreudig. An möglichen Defekten herrscht auch bei dieser Variante kein Mangel. Ginie: »Sicher stehen Sie oft im Schatten des RM, es ist aber ein lukrativer Schatten mit Pelzmänteln, Maniküre und Schönheitsfarmen.«

Ach ja, bevor wir es vergessen, die bezaubernde Ginie sagte zur Verabschiedung, obschon etwas mitleidig: »Man kann natürlich auch aus Liebe heiraten, das ist schon in Ordnung.«

How to Speak French in 3 Hours

Vergewaltigte Vokabeln

Zunächst zum Wesentlichen. Was machen Amerikaner, wenn sie romantisch werden? Sie denken an Paris. Das ist der Platz in ihrem Weltbild, den sie für die Hauptstadt der Gefühle halten. Also, will da jeder Amerikaner einmal im Leben gewesen sein, ganz bestimmt aber will jede Amerikanerin da einmal hin. Schuld daran ist wie immer Hollywood. Aus dem Kino weiß man: Paris is for Lovers und Synonym für Liebe, Romantik, erotische Abenteuer. Und hat nicht die wunderbare Grace Kelly diesen wunderbaren Prinzen geheiratet in diesem schnuckeligen Seebad Monte Dingsda, das ein Vorort von Paris ist? Oder umgekehrt. Kurzum, was Lourdes für den Pilger, der Mount Everest für Reinhold Messner und Kloster Andechs für den kultivierten Biertrinker, ist Paris für den romantisch veranlagten Amerikaner.

Das Problem: In Paris spricht man nicht englisch. Die Lösung: Kurs 253 bei Learning Annex. Der verspricht Französisch lernen in nur drei Stunden, und der Lehrer trägt schon mal den vielversprechenden Namen Michel Lalou. Mi-schell. La-Lou. Das hat was, das klingt. Und Monsieur Lalou hat immerhin John Lennons Witwe Yoko Ono Privatunterricht gegeben, seit 1973 ein Patent auf ein Verfahren, mit dem man angeblich durch Lektionen am Telefon zum akzentfreien Plauderer wird, und diverse Diplome.

Trotzdem: Französisch in drei Stunden? Selten so gelacht. Pas de chance, möchte man höhnisch aufschreien. Oder besser: No way, damit es auch jeder versteht, der dafür 29 Dollar zum Fenster rausschmeißen will. Aber das macht man dann doch nicht, sondern geht hin und trifft auf eine Klasse, die aus 32 romantisch veranlagten Frauen und 4 Männern besteht, die ganz offensichtlich aus Solidarität zur besten Ehefrau von allen mitgekommen sind.

Drei Stunden sind nicht viel. Um so mehr wundert man sich, daß der Herr Professor wertvolle Zeit verplempert, indem er mit deutscher Gründlichkeit die Adressen samt Telefonnummern aller Anwesenden und 3 Dollar Materialgebühren einsammelt. 3 Dollar für 19 Blatt Papier (8 Cents pro Stück in jedem Kopierladen um die Ecke) und einen Pappordner (49 Cents in jedem Schreibwarenladen)? Die versprochenen drei Sprachkassetten gibt es nicht. Lalou: »Die gibt es nur, wenn Sie mich als Privatlehrer buchen.« Seine Anschrift steht fett auf dem ersten Blatt des Lehrmaterials über dem Honorar: 420 Dollar für zehn Stunden. Der weiß, wie man Geld macht, denkt man sich, da streitet sich Monsieur bereits um seinen Kugelschreiber mit einer Schülerin: »Geben Sie her, das ist meiner.« Die: »Von wegen, der gehört mir.«

Um 18.47 Uhr geht es dann los, und wir erfahren zunächst einmal, daß das menschliche Gehirn eigentlich nicht geeignet ist, Sprachen in kurzer Zeit zu lernen. »Untersuchungen haben ergeben«, sagt Lalou, »daß es nicht mehr als 2000, höchstens 3000 Wörter speichern kann.« Vokabeln büffeln sei sinnlos. Und auch die meisten Lehrbücher taugten nicht viel, weil man deren Standardsätze »sowieso nie parat hat, wenn man sie braucht«. Aber zum Glück gebe es ihn, Michel Lalou, und sein geniales, patentiertes Schnellernsystem aus Formeln und Redewendungen, die sich im täglichen Leben garantiert immer wiederholen. Die müsse man quasi inhalieren, benutzen und wenn man Fehler mache, werde man schon korrigiert. Lalou: »Très facile, äh, mit anderen Worten, es ist der einfachste Weg zu lernen.«

Das geniale, patentierte Schnellernverfahren ist, pardon Monsieur, so originell wie ein labbriges Baguette mit miefigem Camembert. Man findet es in jedem Lehrbuch. Aber schon hetzt Lalou seine Klasse erbarmungslos durch ein Hickhack aus Allerweltsfloskeln, auf die man auch ohne Diplome gekommen wäre. Ankunft im Hotel (Avez-vous une chambre pour deux personnes?), Zollkontrolle (Où est votre passeport?), Sehenswürdigkeiten (Les Champs-Elysées, s'il vous plaît), Geldwechsel (Je voudrais changer mes Dollars), Shopping (Combien coûte cette robe de Chanel?), Notfälle (Où sont les toilettes?) etcetera. Bloß keine Sorge, meint Monsieur Lalou, »wie gesagt, man wird Sie schon korrigieren, wenn's mal nicht ganz akkurat ist«.

Man muß sich natürlich größte Sorgen machen, denn inzwischen ist es 20 Uhr, und der Unterricht hat längst den Tatbestand schwerer Körperverletzung erreicht. Das liegt nicht unbedingt daran, daß Lalou partout darauf besteht, daß man ihm mit »S'il vous plaît, Monsieur« zu antworten habe; das hört er gerne. Und es hat auch nicht damit zu tun, daß er dabei penetrant mit dem Finger schnippt, als dressiere er Zwergpinscher. Das Problem ist: er spricht Sätze vor, die Klasse repetiert sie in lautstarkem Durcheinander. Und das hört sich schrecklich an. Selbst simple Vokabeln wie cabaret, garçon oder agence erhalten, aus amerikanischem Munde kommend, einen, tja, undelikaten Klang. Bei dictionnaire (Fremdwörterbuch), à côte d'ici (gegenüber) oder clef (Schlüssel) glaubt man, Außerirdische sprechen zu hören. Als hätten alle einen Kaugummi im Mund und litten darüber hinaus kollektiv an Keuchhusten und Brechreiz.

Doch es kommt noch besser. Die Frau, mit der Monsieur sich wegen des Kugelschreibers gezankt hat, ist inzwischen richtig beleidigt, weil sie sich unterfordert fühlt. Auf dem Weg zur Türe zetert sie: »Mei fren – ze – iih is too gud puhr sett ni – wioh.« Lalou guckt verstört: »Ich verstehe kein Wort.« Die ganze Klasse blökt der peinlichen Person zum Abschied schadenfroh hinterher: »Bonjour, Madame!« Bonjour? Lalou schaut nun noch verstörter und läßt den Kopf sinken. Kein Wunder, daß er schlohweißes Haar hat. Wer seit Jahrzehnten solche Schüler hat, lebt im Fegefeuer dauerhafter Verzweiflung. Lalou mit einem Anflug von Resignation: »Es ist schwierig für Amerikaner, ich weiß, aber Französisch ist nun mal eine tückische Sprache.« Und deshalb sollte man sich Eselsbrücken zulegen, etwa einen englischen Satz, der so ähnlich klingt wie der französische.

Das macht es nicht unbedingt einfacher, doch damit man auf jeden Fall was mitnimmt aus dem Unterricht, hat Michel Lalou ein paar kleine Exkurse über Land und Leute in seinen Vortrag eingebaut. Der staunende Sprachkursschüler erfährt daher, daß man ruhig ruppig sein dürfe in der Hauptstadt der Gefühle. Man sei da nicht so höflich und korrekt wie in Amerika, meint Monsieur. Vor allem, »wenn im Hotel die Handtücher fehlen, kein warmes Wasser kommt und das Telefon nicht funktioniert«. Wie bitte? »Doch, doch«, sagt Lalou, »damit müssen Sie rechnen, selbst im Interconti.« Nicht verzagen, schimpfen, rabiat werden, meint Lalou, Franzosen zeigten ungeschminkt ihre Emotionen, »die Leute werden dort leichter ärgerlich, außerdem bekommen Sie sonst Ihre

Handtücher nicht.« Damit weiß man zwar nicht, wie man sich auf französisch beschwert, aber schon mal, daß einem nicht nur schöne Aussichten auf ein romantisches Wochenende bevorstehen.

Aber inzwischen ist sowieso schon alles zum dröhnenden Chaos verkommen. Der Herr in der letzten Reihe hört nicht auf, alles falsch, dafür um so lauter zu wiederholen. Der Mann kläffend: »Moh – söhr, siel – wuh – pläid.« Lalou verzweifelt: »Möh – siöh, es heißt Möh – siöh, Möh – siöh!« Egal. Als die Zahlen dran sind und keiner verstehen will, warum man nicht einfach »neunzig« sagen kann statt »quatre-vingt-dix« (vier-zwanzig-zehn), kapituliert Lalou. Er erwähnt dann bloß noch »en bas« (unten), weil sich die Toiletten in Paris meist im Keller befänden, daß die Metro alt (vielle) und im Gegensatz zu Amerika der Service im Restaurant in der Rechnung inbegriffen (compris) sei. Und das ist wahrscheinlich auch gut so, weil Amerikaner nicht gewöhnt sind, üppige Trinkgelder springen zu lassen für Kellner, die schon mal unrasiert sind, deren Schürze genausoviel verrät wie die Speisekarte und die zu allem auch noch wenig Wert auf gute Manieren legen, wie wir nun wissen. »Aha, komm – preis, verstehe«, sagt ein hübsches blondes Mädchen. Lalou: »Wunderbar, guter Akzent.« Der laute Herr in der letzten Reihe brummt: »Skirtchaser.« Franzosen? Alle hinter Weiberröcken her.

Voilà, endlich wären wir beim Thema: Liebe, Romanze, erotische Abenteuer. Dafür gibt es doch bestimmt auch todsichere Sprachformeln. Aber jetzt ist es 21.24 Uhr, und Lalou sieht lustlos aus. Auf ihn blicken viele, viele große, erwartungsvolle Frauenaugen, und er sagt: »Okay, wenn Sie von einem Herrn angesprochen werden, geben Sie ihm Ihre Telefonnummer, und wenn er mit Ihnen ausgehen will, sagen Sie:

›Mon restaurant préféré est Maxim's.‹« Das funktioniert bestimmt. Maxim's, feudal, Haute Cuisine, stinkteuer. »Wenn Sie nicht angesprochen werden wollen, sagen Sie: ›Foutez-moi la paix.‹« Soll heißen, man will seine Ruhe. Ein schönes Schlußwort für Französischlernen in 2 Stunden und 37 Minuten.

Draußen im Treppenhaus sagt die hübsche Blonde: »Also, mir hat es gut gefallen. Ich freue mich auf Paris. Aber daß ich ›fits into my pants‹ sagen soll, um einen Kerl abzuwimmeln, ist lustig.« Fits into my pants. Paßt in meine Hose. Alors, wie gesagt, Französisch ist eine tückische Sprache.

How to Double Your Money with Stock Splits
Keine Bange im Haifischbecken

Gegen 21 Uhr, nach zweieinhalb Stunden Unterricht. Ein schreckliches Gefühl. So eine Art Ohnmacht bei vollem Bewußtsein. Der Kopf fühlte sich an wie eine weichgekochte Birne. Das Blut pochte in den Schläfen. Stimmen drangen ans Ohr wie aus Lautsprechern. Die Augen schmerzten wie bei einem Fieberanfall. Haare piekten wie Stecknadeln in der Schädeldecke. Der Rest war Schweben wie in einem aus der Kontrolle geratenen Heißluftballon. Leicht und leer. Hirnanästhesie.

Wen kümmerte da noch, was die Dozentin in die Runde warf? Out of the money. In the money. Limited order. Langfristige Anlagen. Put. Call. Strike Price. Kaufen. Verkaufen. Support Level. Rolling Stocks. Kombinationsstrategie. Wen kümmerte da noch, daß der Schwamm in ihrer Hand noch einmal über die schwarze Schiefertafel und durch Buchstabensalat und Zahlenkolonnen pflügte? Hinter einem Schleier von Kreidestaub stand schon längst ein Sammelsurium kryptischer Formeln, Telefonnummern und Internetadressen, mit denen man nichts mehr anfangen konnte. Stand da tatsächlich IMNR 5 3/8 SCH 44 1/4 DEC 24 premium 4 eggs 18009344134 Leaps NTAP 66 93 A Bell South split

JAN 21? Sah man das wirklich oder waren das schon erste Halluzinationen?

Anruf in München.

»Körner!«

»Hallo, Andreas. Du schreibst doch Wirtschaftsbücher.«

»Das ist richtig.«

»Wie hieß das letzte gleich noch mal?«

»Geld verdienen mit Börsenkrisen. Stand auf einer Bestsellerliste immerhin vor Bendschies ›Intelligent investieren‹.«

»Bendschie wer?«

»Benjamin Graham, Urvater der technischen Wertpapieranalyse.«

»Prima, Andi, du bist mein Mann. Ich bin nämlich komplett verwirrt.«

»Darüber solltest du besser mit deinem Therapeuten David sprechen.«

»Ich habe gar keinen Therapeuten!«

»Noch nicht. Das ist doch das Bild, das man hierzulande von New Yorkern hat. Alle rennen dauernd zum Therapeuten. Und die heißen immer David.«

»Quatsch!«

»Habe ich aus einem Film von Woody Allen, aber ich kann mich auch täuschen. Okay, worum geht's?«

Es geht darum, daß alles mal wieder harmlos aussah und dann völlig anders kam. ›How to Double Your Money with Stock Splits‹, hieß es diesmal bei Learning Annex. Mit einer supersimplen Strategie jede Menge Kohle machen, hieß es. 95 Prozent Erfolgsquote, hieß es. Und darüber hinaus, daß der Kurs auch für Anfänger geeignet sei.

Zwei Dutzend vom New Yorker Alltag ermattete Menschen saßen in einem Klassenzimmer des Mecanics Institute in Manhattans 44th Street, und daß es in deren Fall nicht schaden konnte, Geld zu verdoppeln, war nicht zu übersehen. Die Herren zeichneten sich überwiegend durch schlechte Rasur, starken Akzent, abgelaufene Schuhe mit Gummisohle und aus der Hose lugendem Hemd aus. Die Damen: blaßhäutig, schüchtern blickend, Schlabberpullis in unaufdringlichen Farben sowie breitrandige Brillen. Nicht das Publikum, das einem im selben Häuserblock in den Cocktaillounges des noblen Algonquin Hotel oder Philip Starcks Designpalast Royalton begegnet.

Die Dozentin hieß Lea Lerman. Groß, schlank, clevere Person. Machte mal in Immobilien und entwickelte später eine Passion für den Kapitalmarkt. »Wer hat die nicht?« fragte sie und ergänzte: »Alle meine Freunde investieren im Kapitalmarkt, mein Zahnarzt, sogar meine Neffen.« Sie hatte einen Stapel Zeitungsausschnitte mitgebracht, eine fotokopierte Seite aus dem ›Investor's Business Daily‹ und jede Menge Geschichten. Wie sie zum Beispiel einmal eine Aktie für 5 Dollar pro Stück kaufte und für 8 Dollar verkaufte. 4000 Dollar Gewinn in drei Wochen. Aber auch, wie sie danach eine kaufte für 6 Dollar, die sie für 3 Dollar losschlagen mußte. Lerman: »Der Kapitalmarkt ist eine Achterbahnfahrt, wenn man sich nicht auskennt.«

Im US-Fernsehen lief unlängst der irritierende Werbespot eines Kreditunternehmens. In dem präsentiert sich die Welt der Geldgeschäfte mit dem dezenten Charme eines Horrorfilms. Haifische schwimmen durch Kanäle, Krokodile schnappen nach verschüchterten Kleinanlegern, während fiese Gestalten hämisch grinsend mit Geldkoffern um die Ecke biegen. Und wie soll einem der Kapitalmarkt auch anders erscheinen als ein Vorhof der Hölle? Die Nachrichtenmagazine widmen seit längerem immer mal wieder Titelstories dem drohenden Zusammenbruch der Wall Street, den Fiaskos beim Nasdaq. Und auf dem Cover einer bedeutenden Zeitschrift drängelten sich einmal am Ende einer rapide fallenden Zickzackkurve Strichmännchen, die ins Bodenlose purzelten. Die Strichmännchen stellten die Opfer von Börsenkrisen dar.

Zweifelsohne, die Lage ist stets ernst im Geschäft, und der nächste Crash, sagen die Experten, nur eine Frage der Zeit. Man muß den Wirtschaftsteil bloß aufmerksam lesen. Unternehmen kündigen Einbrüche bei den Gewinnen an. Fallende Tendenz beim Dow Jones, dito beim S & P 500, einem anderen vielbeachteten Aktienindex. Einmal regiert die Angst, dann wieder die Gier. Und zu allem Ungemach gibt es noch Alan Greenspan, den rätselhaften Guru der US-Notenbank, bei dessen mysteriösen Ausführungen man nie weiß, ob er jetzt eine Zinserhöhung ankündigt oder doch nicht. Und so weiter. Automobilhersteller entlassen Arbeiter. Die Schweinefleischpreise kollabieren. Japans Wirtschaft ist ein Irrenhaus. Indonesien, Brasilien, Rußland – Chaos allerorten. Lea Lerman sagte passenderweise: »Vergessen Sie nie, daß Geld verlieren immer eine herzzerreißende Angelegenheit ist. Das Geschäft ist tricky.« Tricky. Das heißt durchtrieben, kitzlig. Daher, meint Lerman, gebe es nur einen todsicheren Tip: Aktiensplits.

Firmen, deren Geschäftslage in aller Regel sehr gut und deren Aktienkurse in relativ kurzer Zeit deutlich gestiegen seien, erzählte Frau Lerman nun, kündigten gerne Splits an. Das bedeute, die Anzahl der im Umlauf befindlichen Papiere werde in einem bestimmten Verhältnis (meistens 2:1, manchmal 3:1, seltener 4:1 oder 3:2) erhöht. Statt einer Aktie besitze der Anleger danach zwei (drei, vier etc.). Der Computergigant Microsoft habe das zum Beispiel in den letzten Jahren wiederholt gemacht. Vor dem Split (2:1) hätte der Kurs für eine Aktie bei 160 Dollar gelegen, nach dem Split bei 80 Dollar und ein Jahr später wieder bei 160 Dollar. Folge: Firmen, deren Papiere gesplittet würden, seien lukrativ für Anleger. Lerman: »In acht von zehn Fällen steigt der Kurs nach der Ankündigung eines Splits an.«

So macht die gute Frau ihr Geld. Kauft billig, verkauft teuer, jedenfalls bevor der Kurs nach dem Split vorübergehend erst mal fällt. Denn das macht er immer, der Kurs. Dumm ist bloß, daß man vorher gut über die Firma Bescheid wissen muß, den perfekten Zeitpunkt beim Kauf erwischen und manches mehr. Im wesentlichen muß man dazu das Geschäft besser kennen als den Lebensgefährten, stundenlang den Wirtschaftskanal von NBC studieren und zweimal täglich durchs Internet surfen. Andernfalls braucht man einen dieser Beeper, die piepsen, wenn eine Firma einen Split ankündigt. Die Gebühr für diesen Service beträgt 3000 Dollar für sechs Monate. Lerman: »Da müssen Sie indes richtig einsteigen, damit sich das lohnt.« Komischerweise hat niemand gefragt, ob man nicht gleich besser seinen Job aufgeben solle.

Dann war Pause. Auf der Toilette neben dem Vorlesungsraum. Ein Mann fragte: »Hast du das verstanden?« Der Angesprochene: »Kein Wort, aber ich komme eh nur wegen der Hühner.« Der Erste: »Da ist doch keine einzige attraktive Puppe in diesem Börsenkurs!« Der andere: »Wieso Börsenkurs? Ich bin im Nebenraum. ›Wie baue ich einen Springbrunnen mit Pflanzen fürs Wohnzimmer.‹ Jede Menge alleinstehende Frauen.«

»Was hältst du davon, Andreas?«

»Ich wäre auch in den Springbrunnenkurs gegangen.«

»Nein, was hältst du von Aktiensplits?«

»Ach so, gute Sache. Die Empirie hat gezeigt, daß man damit Geld machen kann. Da handelt es sich um gute Unternehmen mit positivem Momentum, die sich tendenziell besser entwickeln als der breite Markt.«

»Aber wie soll man das als Laie in einem dreistündigen Kurs kapieren?«

»So ein Kurs kann durchaus hilfreich sein, um ein offenes Ohr und ein offenes Auge für die Materie zu bekommen. Und Amerikaner sind in Kapitalgeschäften ziemlich fix.«

Es ist bekannt, daß Amerikaner in Ermangelung einer pompösen staatlichen Altersversorgung traditionell genötigt sind, sich zusätzliche Geldquellen für das Pensionsalter zu erschließen. Deshalb gibt es in den USA schon lange einen Ozean an Fonds aller Art. Deshalb haben die meisten Amerikaner ein emotionsloses und professionelles Verhältnis zum Kapitalmarkt, wobei die Gebühren für den Handel mit Papieren relativ gering, die Informationen in den Print- und elektronischen Medien exzellent und Bücher wie etwa Wade Cooks' ›Wall Street Money Machine‹ Bestseller sind. Es gibt allerorten Seminare mit Experten, kostenlose Lehrkassetten, und der Anteil der US-Bevölkerung, der Wertpapiere besitzt, ist weitaus größer als etwa in Deutschland, wo das Sparbuch bis vor kurzem noch einen Ruf hatte wie Donnerhall. Lerman: »Ohne die Privatanleger würde der Kapitalmarkt hier nicht funktionieren.«

»Also, Andreas, am besten macht man in Splits, oder?«

»Ich würde in Optionen auf Aktien machen, auch solche, die splitten.«

»Optionen?«

»Puts. Calls. Du kaufst dir für eine entsprechende Gebühr eine Option, mit der man zu einem bestimmten Zeitpunkt eine Aktie zu einem bestimmten Kurs kaufen oder verkaufen kann. Hat eine viel größere Gewinnchance. Hat euch die Dozentin davon nichts erzählt?«

»Doch, ich glaube schon. Kommt mir jedenfalls bekannt vor. Aber da war ich schon im halbkomatösen Zustand. Ich glaube, für mich ist das sowieso nichts. Bei dem Wirrwarr kriege ich es am Ende doch bloß mit der Angst zu tun.«

Kurze Pause am anderen Ende der Leitung.

»Meinst du nicht, du solltest dir das mit dem Therapeuten vielleicht noch mal überlegen?«

Stop Being Nice
Nette Jungs verlieren

Es war einmal ein Mann, der besaß einen ziemlich schönen Mantel mit überaus praktischen Vorzügen. Wegen seiner wasserabweisenden Beschichtung und dem herausnehmbaren Futter war er prächtig geeignet, dem unfreundlichen Herbst- und Winterwetter in New York zu trotzen. Mochte der eiskalte Regen vom Atlantik noch so durch die Häuserschluchten peitschen oder Schneegestöber aus den rauhen Appalachen wie wild durch die Straßen fegen, dem Mann war stets mollig warm. Ein regelrechter Glückskauf, topmodisch obendrein. Was Wunder, das gute Stück war von Calvin Klein, sündhaft teuer, 1200 Dollar plus 8,25 Prozent Konsumsteuer.

Eines Tages im Dezember erzählte ihm ein Bekannter, er sei auf eine exquisite Weihnachtsfeier eingeladen. Lauter wichtige Menschen, schwärmte er, Businessleute, Medienmogule, hübsche Frauen. Nur, was solle er bloß anziehen? Es fehle ihm zum dunklen Anzug ein eleganter Überzieher. Vermaledeites Problem und zu wenig Klimpergeld im Portemonnaie für eine größere Anschaffung. Nun, dachte sich unser Mann, sei nett, und er sagte, er wolle dem Bekannten seinen Lieblingsmantel leihen. Er brachte den Dress sogar beim Betreffenden vorbei und fühlte sich danach enorm erhaben. Er trat befriedigt hinaus in die Welt der Christbäume und Lichterketten, kunterbunte Dekoration zum Fest der Liebe.

Es ist Spätherbst, draußen geht in einem höllischen Gewitter gerade die Welt unter, und unser Mann sitzt nun bei Learning Annex und hat ein Problem. Er hat seinen tollen Mantel zehn Monate später immer noch nicht wiedergesehen und kommt sich ganz schön dusselig vor, weil er zu allen Menschen immer nett sein will. Womit wir endlich bei Kurs 9830 wären: ›Stop Being Nice‹.

Auftritt Mrs. Blaine. Sie ist Psychotherapeutin, hat Bücher geschrieben, leitet Seminare und zeichnet verantwortlich für eine Kolumne in der ›Flatbush Home News‹. Die Postille sagt uns zwar auf Anhieb nichts, ist vermutlich bloß ein Lokalblatt in einem New Yorker Stadtteil, dafür hat ihre Serie den schönen Titel »Fragen Sie Dr. Marge«. Und es zeigt sich gleich, daß an diesem Abend auch dringend eine Koryphäe benötigt wird, die jeder Frage gewachsen ist.

Die ersten Wortmeldungen. Eine der Besucherinnen erzählt, sie werde in ihrem Appartementhochhaus ständig für Gottes Lohn als Hausmeisterin mißbraucht. Eine andere Dame leidet ganz fürchterlich darunter, daß sie sich ständig anpumpen läßt und dann ihr Geld nie zurückkriegt. Ein junger Mann, der eine Thermoskanne in einem Wollstrumpf mitgebracht hat, meint, er habe den klangvollen afrikanischen Namen Hukwe Mapfumo, aber die Menschen hier würden ihn stets Howie oder Hugh oder Matthew nennen. Schrecklich, die Namen klängen in seinen Ohren wie Beleidigungen, er könne sich dennoch nicht dagegen wehren. Und ein anderer Herr in einem altmodischen Zweireiher sagt, er lasse sich jedesmal von seinem Chef zuviel Buchhalterarbeit auf-, dafür aber jede Gehaltserhöhung abschwatzen. Sorgenkinder durch die Bänke. Aber war da nicht wenigstens die dralle Blondine, die eine Viertelstunde zu spät hereinstürmte und sagte: »Nein, es tut mir nicht leid, daß ich nicht pünktlich bin.« Aber das war bloß Spaß. Es dauerte einen Wimpernschlag, bis ihr verlegener Nachsatz kam: »Sorry, Ma'am, es ist mir wirklich sehr peinlich.«

Nun ist Nettsein nicht wirklich verkehrt. Es ist zwar eine etwas plumpe Verallgemeinerung, aber Amerika ist das Land des Nettseins. Vor allem Amerikaner in ländlichen Regionen sind von einer Freundlichkeit befallen wie Asiens Ökonomie vor einigen Jahren von der Schwindsucht. Man muß in Wisconsin bloß ein höfliches Wort zuviel sagen und schon wird man in schmucke Eigenheime geschleppt und stundenlang mit Schmorbraten, Kartoffelbrei und Apfelkuchen gemästet. Man muß in Pennsylvania bloß sagen, daß man Deutscher ist, und schon wird man anläßlich eines bizarren Lieder- und Jodelabends in Freibier ertränkt. Und in Kalifornien muß man gar nichts sagen, und trotzdem tun sie so, als hätte man das gute Wetter und die schönen Strände persönlich mitgebracht.

Bis hierhin kann jeder folgen, doch die Sache hat eine Kehrseite. Man weiß in diesem kuriosen Land nicht immer genau, wann Freundlichkeiten ernst gemeint sind und warum sie praktiziert werden. Denn im Wendekreis des Kapitalismus verkommt so manche Freundlichkeit zur Ware. Bedienungspersonal im Restaurant verdient meist nur an Trinkgeldern, weshalb einen Serviererinnen so vehement anschmachten, daß man ihre Goldplomben einzeln zählen kann. Man legt im Geschäftsleben Wert auf die Qualität des Service, und so entscheidet er oftmals mehr über den Umsatz als die des Produkts. Weshalb im Land des falschen Lächelns Fälle dokumentiert sind von Angestellten, denen schlechte Laune postwendend den Job gekostet hat. Nett sein und nett sein ist in

Amerika also nicht immer dasselbe. Und wer etwa in New York lebt, sollte schleunigst verinnerlichen, daß wer einem extrem liebreizend begegnet, es im Zweifelsfall des persönlichen Nutzens wegen tut. Ansonsten gelten gerade in dieser nimmermüden Stadt die Gesetze des Faustkampfs. Und wenn wir schon beim Sport sind, gilt da nicht überall in Amerika die Formel: Nice guys finish last? Nette Jungs gewinnen nie. Soll heißen, diejenigen, die aufrichtig nett sind.

Unser Mann mit dem Mantel glaubte das nicht. Er wurde in Oberbayern mal auf die verdienstvolle Tätigkeit des Ministranten vorbereitet und erinnerte sich an das in diesem Milieu eisern gepredigte Dogma vom Geben und Nehmen und dessen seliger Verheißung. Überhaupt: Ist nicht jede gute Tat ein Sieg über den fiesen Teufel der Egozentrik? Er war sich natürlich nicht bewußt, daß er etwas falsch gemacht haben könnte. Und er fragt, weil sie schon mal da ist, Dr. Marge. Die meint, das liege wohl auf der Hand. Schuld an allem ist? Die Kindheit. Schon wieder. Man durfte bei Learning Annex schon viele erhellende Dinge über Kindheitstraumata lernen. Zum Beispiel, daß sexuelle Neigungen bei Knaben durch Bilder entstehen, die sie während der ersten Erektion vor Augen haben. Steht jemand auf rote Unterwäsche, könnte das daran liegen, daß der Babysitter einen roten Hut trug (aus: ›How to Make Someone Fall in Love with You‹). Oder daß Knirpse, die gerne mit Legosteinen spielen, prädestiniert sind für fulminante Karrieren als Erfinder (›How to Turn Any Idea into Millions of Dollars‹). Diesmal jedoch klingt es sogar plausibel.

Dr. Marge sagt: »Man lernt uns ja immer ›bitte‹ und ›danke‹ zu sagen, lieb zu sein und hilfreich. Was soll man machen? Wir werden erzogen, Menschen Freude zu bereiten. Sonst wird man nicht geliebt. Und später gibt es die kleinen

Momente, in denen stellvertretend für Vater und Mutter andere Personen in unser Leben treten und wir wieder hilflos sind. Dann«, so die Dozentin, »schaut nicht mehr Mama zu, sondern die ganze Welt, und wir versuchen perfekt zu sein, halsen uns zuviel auf, unterdrücken Ärger, sagen nicht, was wir wollen, versuchen andere zu retten, sind zu nett, werden benutzt und leiden darunter«. Genau, sagt die dralle Blonde, die zu spät kam, »jedesmal lasse ich mich von meinen Freunden zum Dinner an Thanksgiving verdonnern, ich habe hinterher die Sauerei in der Küche und sie dicke Bäuche. Die sagen bloß immer: ›Du machst das doch so gut.‹ Das ist ja wohl der dümmste Trick der Welt. So geht das nicht weiter.«

Ergo: Stop Being Nice. Dr. Marge sagt: »Der Mensch, zu dem man zuerst nett sein muß, ist man selbst. Man muß zu niemandem nett sein, man glaubt das nur, weil man sich selber nicht respektiert.« Und dann müssen alle aufschreiben, was passieren würde, wenn sie nicht immer sofort allem zustimmten, ihren Gefühlen folgten, wenn sie endlich sagten, was sie wollten und nicht mehr sich selbst belügen würden, um vor anderen besser dazustehen. Die dralle Blonde schreibt: »Ich würde meine Freunde verlieren; Problem gelöst.« Die Hausmeisterin wider Willen schreibt: »Ich wäre frei.« Die Frau, die ständig Kleinkredite ohne Zins und Tilgung vergibt, kommt zu dem Schluß: »Ich wäre nicht ständig knapp bei Kasse.« Der junge Afrikaner notiert: »Ich würde nicht mehr falsch rüberkommen.« Der Buchhalter protokolliert: »Ich würde mich stärker fühlen.«

Und der Mann, der gleich ohne Mantel durch den Regen heimwärts stapfen muss? Der schreibt: »Ich würde mir nie wieder so verraten und mißbraucht vorkommen.« Zu dem sagt Dr. Marge bloß noch: »Kaufen Sie sich einen neuen. Und wenn Sie noch mal an so einen Windhund geraten, dann geben Sie um Gottes willen Ihren Mantel nicht aus der Hand.«

Soll das etwa heißen, nie wieder nett sein, zu niemandem, keineswegs? Beim nächsten Mal dem unlauteren Bösewicht eins auf die Nase geben, einen Mafiosi oder Manteleintreiber anheuern? Geben und Nehmen wie ein Boxer im Ring? Dr. Marge: »Hören Sie auf mit diesem Unsinn. Sie sollen schon nett sein, nur nicht dumm.«

How to Become a Model
Schönheit kommt in Schubladen

Erste Zweifel kamen einem in der U-Bahn. Auf dem Weg durch den Madison Square Park wurde daraus Bauchgrimmen. Und bis zum Portal der School of the Physical City kamen Fracksausen und Schwitzhände dazu. Herrgott noch mal, es standen an diesem Tag doch so viele andere praktische, interessante, tolle Kurse auf dem Programm. Wie man Hunde trainiert zum Beispiel oder die Steuerfahndung austrickst. Erotische Fotografie war im Angebot, ein Einführungskurs in die beneidenswerte Fähigkeit, auf dem Flohmarkt Geld zu verdienen, und sogar Fingerübungen mit Larry Coryell, anerkanntem Meister der Jazzgitarre. Hätte man nicht lieber einen von denen nehmen können? Zu spät, natürlich, und kein Ausweg in Sicht.

Jetzt stand man nämlich schon verschämt vor der Rezeption und fragte mit belegter Stimme nach der Zimmernummer: »ähm, ... Pause ... für die Klasse: ›Wie werde ich, hm ... Räusper ... Model?‹« Verdammt, hörte sich das nicht etwa bescheuert an? Model wird man nicht, zu so was Tollem ist man geboren. Und war da nicht ein spöttisches Lächeln im Mundwinkel der jungen hübschen Dame am Tresen, die kurz in eine Liste guckte, aber nicht dazu kam zu antworten, weil der bullige Herr neben ihr schon dröhnte: »Ah, der MODELKURS? Sechster Stock, Nummer 607.«

Na bravo. Jetzt wußten alle anderen, die im Aufzug um einen herumstanden, wohin man wollte. Und natürlich guckten die einem jetzt auf die O-Beine, die schiefe Nase, und dachten sich ihren Teil. Dachte man sich. Ohren wie Prince Charles, kaum noch Haare auf dem Kopf, ein Doppelkinn wie ein frisch geschlüpfter Pelikan – so jemand sieht sich schon demnächst von Reklamewänden grinsen, dachten die sich wohl und schmunzelten darob höhnisch in sich hinein, dachte man sich weiter. »Viel Spaß bei Ihrer Klasse«, sagte ein Mittvierziger, im sechsten Stock angekommen, und war schon auf seinem Weg zu Zimmer 608 (›wie investiere ich im Aktienmarkt‹).

Zimmer 607. Man war spät dran, also schon wieder Schaulaufen vor kritischem Publikum. Aber da saßen zur angenehmen Überraschung auch bloß lauter durchschnittlich aussehende Damen aller Altersklassen, die sich nicht wohl fühlten in ihrer Haut, und eher verschüchtert auf ihre Fußspitzen blickten als triumphierend auf den Neuankömmling. Und die drei anderen Herren in der Gruppe, zwei Afroamerikaner und ein blasser Weißer mit sanftem Silberblick? Dachten sich wohl, ach, wenigstens bloß einer mit den durchschnittlichen Gebrechen inklusive Haarausfall. Dachte man sich nun wenigstens, und man dachte es sich erleichtert.

Model? Was heißt das schon? Man kann Claudia Schiffer durchaus unspannend finden, Nadja Auermann zu eckig, und Kate Moss zu dürr. Man kann den Adonis aus der Davidoff-Parfüm-Reklame, der muskelschwellend durch die Brandung pflügt, zu geleckt finden, und den blondmähnigen Typen von den California Dream Boys dümmlich. Das ist der, der in Amerika Werbung macht für Margarine, wenn er nicht gerade mit nichts als einem Tanga bekleidet als Casanova für Arme vor Hausfrauen herumhopst. Kann man alles, durchaus. Und der Dream Boy hat in seinem Spot eindeutig einen Akzent wie ein afghanischer Taxifahrer in New York und stottert. Jawoll. Nichts gegen afghanische Taxifahrer, nebenbei bemerkt.

Schönheit hat viele Gesichter. Zum Glück sieht das auch Nancy August so. Nancy ist die Dozentin. Sie trägt ein Fußkettchen und sieht aus wie eine mopsige Version von Goldie Hawn. Früher, sagt sie, als sie noch schlanker war, sei sie mal dick im Geschäft gewesen. Nun ist sie Ende 30, hat zehn Jahre Pause gemacht, in einer Agentur Models vermittelt, wolle aber bald wieder ein bißchen vor der Kamera mitmischen, denn, wie sie zur Erlösung des Auditoriums verkündet: »Man muß nicht brillant aussehen, um Model zu sein, weil die Branche nicht nur nach schönen und Gott sei Dank immer nach neuen Gesichtern sucht. Jeder ist irgendwie schön.«

Damit sich alle gleich noch ein bißchen wohler fühlen, ergänzt Nancy: »Wir haben alle ein falsches Bild von der Werbung. Wer kann sich schon Linda Evangelista mit einer Monatsbinde in der Hand vorstellen und Kate Moss in einem Spot, in dem sie den verstopften Ausguß saubermacht? Die Werbung braucht überwiegend normale Menschen, die normal aussehen, wenn sie normale Sachen machen.« Und sie sehe deshalb, und blickt freundlich durch die Bänke, vor sich Darsteller von Müttern, Hausfrauen, Polizisten, Handwerkern, Bedienungen, Busfahrern, Krankenschwestern. »Alltagsfiguren sind das, was gesucht wird«, so Nancy, »die Werbung denkt in Schubladen, und genau da stecken wir Sie nun rein.«

Eine Schublade ist vielleicht nicht der Aufenthaltsort, den

man sich vorstellt, wenn man das Rampenlicht sucht. Und sagt uns das nicht alles über die Werbung, in der jede Verpackung somit unecht ist? Auf die Antwort warten wir vergeblich, es geht bei Nancy gleich um was ganz anderes: Geld. Model werden ist nämlich erst mal eine Frage der Investition. Wieder mal. An einem Shooting für ein Portfolio käme man in den nächsten Wochen nicht vorbei, so die Dozentin. Und nun weiß man auch, warum sie eine Fotografin (Tania), einen Make-up-Artist (Michael) und Visitenkarten von ihrem Friseur (Brian), einer Sprechlehrerin (Nina) und sich selbst (private Konsultationen 90 Dollar/Stunde) mitgebracht hat. Nancy sagt: »Das brauchen Sie, glauben Sie mir, ich kenne das Geschäft.«

Auftritt Fotografin Tania, die nun zeigt, was beim Shooting herauskommen würde. Mappen mit Schnappschüssen von Menschen, die ein bißchen steif vor sich hinlächeln, werden herumgereicht. Und ein bißchen geschockt darf man schon sein angesichts der Symbiose aus mediokrer Knipskunst und Wucherpreisen, die Fotografin Tania da zustande bringt. Für ein Portfolio, zu dem sie zwei Rollen Film verschießt und acht Abzüge mitliefert (20 x 25 Zentimeter), kriegt man schon fast einen Gebrauchtwagen. Mit Make-up, Frisieren und Haarspray sowie Mrs. Augusts fachkundiger Anleitung, was die Klamottenauswahl angeht, macht alles schlappe 610 Dollar. Nancy meint, Tania nehme auch Kreditkarten.

Aber wie soll die Werbung sonst wissen, wie überzeugend normal normale Menschen wie unsereins aussehen? Und wie soll man gebucht werden für eine Printanzeige für plastikbeschichtete Hundedecken, Billigzahnbürsten, Schwangerschaftstests, eine Statistenrolle als Feuerwehrmann auf der Titelseite des Frauenmagazins ›Vogue‹ oder einen Prospekt eines holzverarbeitenden Konzerns in Kanada, der furnierte Schreibtische anpreisen möchte? Das sind alles Jobs, die Absolventen von Nancys Klasse bekommen haben und dabei zwischen 250 und 10000 Dollar Honorar.

Zwei Wochen später. Treffen mit Loretta Andrews, die als Beraterin für eine Computerfirma arbeitet, und Nancys Kurs vor längerer Zeit bereits besucht hat. Natürlich hat Loretta (dunkelhäutig, nettes Gesicht, lange Beine, aber nicht übermäßig hübsch) Tanias Shooting gebucht, obwohl sie sich »als Kind nie gerne fotografieren lassen wollte – ich fand mich zu klapprig«. Natürlich hat sie Nancys Konsultationen in Anspruch genommen und deren Liste mit Agenturverzeichnis erworben sowie sechs Wochen lang an zwei Abenden bei Nina gelernt, wie man ein Script liest und spricht ohne zu lispeln. 1000 Dollar hat Loretta investiert. Und natürlich hat sie Nancys Rat befolgt, die meint: »Man muß einen starken Willen haben, das zu tun, sonst wirft man sein Geld zum Fenster raus.«

Loretta verschickte ihr Portfolio und bekam zehn Vorstellungstermine bei Agenturen, inzwischen war sie in Filmen zu sehen wie ›First Wives Club‹ mit Bette Midler, Goldie Hawn und Diane Keaton oder ›Ransom‹ mit Mel Gibson (»Oh, ein wahnsinnig cooler Mann«), sie war Statistin in TV-Sitcoms, wo sie Fernsehreporterinnen und Sportfans mimte und hat Werbung gemacht für einen Hustensaft für Kinder. Gesprochen habe sie nie viel bei allen Jobs, leider, sagt Loretta, aber aufregend sei es schon gewesen. Ihre Mama in Oklahoma sei stolz, sie selbst werde nun öfter im Aufzug angesprochen und die Männer im Büro seien jetzt auch viel netter. »Dabei«, so Loretta, »muß man in dem Geschäft überhaupt nichts können, außer zu allen nett sein, funktionieren und Geduld haben.« Aber das wirklich Komische sei, daß sie erst durch

Nancy an ihre Modelkarriere glaubte. »Als sie sagte, sie sehe mich als Fernsehreporterin oder junge Mutter, erkannte ich, was in mir steckt.«

Man erinnert sich an Nancys Unterricht. Hatte diese nicht zu dem Mädchen mit dem dicken Gesicht gesagt, sie sei eine sympathische Erscheinung und prädestiniert, eine Krankenschwester zu mimen? Hatte sie nicht zur verhärmten Dame mit den fusseligen Haaren gesagt, sie brauche bloß einen guten Friseur (Brian?) und schon ginge sie als Businessfrau durch? Und hatte sie nicht zum beleibten Afroamerikaner mit Schnauzer gemeint: »Bart ab, und Sie sehen aus wie der netteste aller netten Papas in diesem Land.« Und der Kursteilnehmer mit den Segelohren, der krummen Nase und dem Haarausfall wirkte auf Nancy »wie der perfekte Kunsthändler«. Und alle fühlten sich prima in ihrer Schublade und sind nachher zu Tania gestürmt, deren Kalender überflutet wurde von Terminen, Terminen, Terminen.

Schön, wenn man sich als normaler Mensch auch mal schön genug fühlen darf für so ein glorreiches Metier wie die Werbung. Strahlende Alltagsfigur. Begehrter Nichtskönner. Warum nicht? Die Mama wäre stolz, und im Aufzug würden sie einen anders angucken. Bleibt nur eine Frage: Gibt es in der Werbung einen Markt für Darsteller von Kunsthändlern? »Ach, mein lieber Freund«, meinte Nancy damals mit einem treuherzigen, mitleidigen Blick aus ihren großen blauen Augen, »ich glaube nicht, sorry.«

How to Make the Perfect Martini
Unter dem Tisch und unter dem Wirt

Was Glück ist? Zugegeben, eine große Frage, gelassen hingeworfen. Aber wie wär's damit: Zwei Unzen Bombay Sapphire Gin, eine halbe Unze Wermut der Marke Martini & Rossi, ein Spritzer Fee's Orange Bitters, das Ganze in einen mit Eiswürfeln gefüllten Shaker gegeben, schackatack, siebenmal geschüttelt und dann ab damit in ein gekühltes, langstieliges Cocktailglas, garniert mit einem Stückchen Zitronenschale oder einer gefüllten Olive.

Das wäre ein Rezept für einen Classic Dry Martini, und es stammt von Anistatia Miller und Jared Brown, zu denen wir gleich noch kommen werden.

»Nehmt mir meine nassen Klamotten ab«, soll der Schriftsteller Robert Benchley gerufen haben, als er an einem verregneten Abend seinen Stammtisch im New Yorker Algonquin Hotel erreichte, »und gebt mir einen trockenen Martini.« Denn Glück, pflegte man dort zu vorgerückter Stunde zu philosophieren, Glück sei entweder ein trockener Martini in Gesellschaft einer schönen Frau. Oder ein trockener Martini.

An dieser Stelle müssen wir einen Schnitt machen. Denn wir waren nicht nett, als wir jüngst über die Eßgewohnheiten der Amerikaner räsonnierten (›How to Lose Weight with Hypnosis‹) und dabei feststellten, daß diese auch von kultivierter Ernährung nicht viel verstünden. Wir wollen es wiedergutmachen.

Wovon versteht man in Amerika mehr als sonstwo? Nicht unbedingt vom exquisiten Rauschzustand, schließlich wurden Pilsener, Barolo und Single Malt anderswo erfunden. Aber vom Martini haben sie Ahnung, und als Beleg dafür mag gelten, daß das Waldorf Astoria bereits vor einem halben Jahrhundert über 100 Martinis auf der Getränkekarte hatte, und William Powell alias Nick Charles im 1934 gedrehten Film ›The Thin Man‹ sagt: »Sehen Sie, das wichtigste Element ist der Rhythmus. Man muß immer Rhythmus im Schütteln haben. Einen Martini immer zu einem Walzer.« Wenn das nicht Stil hat. Dagegen sind Schuhe von Gucci Kokolores.

Der Martini gilt als König der Cocktails, aber auch als größtes Rätsel der Mixologie. Man weiß vielleicht, daß ein Dry Martini einer ist mit viel Gin und wenig Wermut (und/oder anderen Alkoholika), ein Medium Dry Martini einer mit ein bißchen mehr Wermut usw., aber darüber hinaus bleiben noch reichlich Fragen offen. Darunter jene, die nicht nur auf den Geheimagenten 007 zurückgeht: geschüttelt oder gerührt? Mal abgesehen davon, daß man Martinis außer mit Gin auch mit Vodka, natürlich mit Wermut, aber auch Triple Sec oder Scotch, Blue Curaçao, Sherry, Kakaolikör, Marsala und so ziemlich allem anderem zubereiten kann, was schwindlig macht, darunter Sake; von dekorativem Gemüse ganz zu schweigen. Der ambitionierte Trinker erkennt spätestens jetzt, daß die Sache nicht so einfach in den Griff zu kriegen ist.

›Shaken not Stirred: A Celebration of the Martini‹ heißt das Buch von Miller und Brown, ein empfehlenswerter Bestseller, der auch in Deutschland erschienen ist unter dem reichlich beknackten Titel ›Gemixt, nicht gerührt‹. Als ob gerührt nicht gemixt wäre. Aber so weit ist unsereins noch nicht. Neulich kam ein New Yorker aus Berlin zurück und erzählte entsetzt: »Noch nicht mal in der Bar des Kempinski wußten sie, was ein ›Twist‹ ist, als ich meinen Martini bestellte.« Ein Twist ist die Zitronenschale von vorhin. Wer sich also nicht ähnlich blamieren will, schwingt sich besser in ein Taxi und holpert erwartungsfroh ins Sun Culinary Institute, 22nd Street, Apartment 2N, wo Miller und Brown einen Vortrag halten zum Thema ›How to Make the Perfect Martini‹.

Zwei Dutzend Besucher in einer zur Großküche umfunktionierten Wohnung. Auf einer langen Tafel Käsehäppchen und Brot. Kaum durch die Tür gekommen, ist man auch schon Besitzer eines kleinen Cocktailführers sowie einer Verkostprobe Wermut und Gin, welche dekorativ eingebettet ist in eine Pappschachtel mit Partikeln von Cassiarinde, Wacholderbeeren, Koriandersamen, Lakritze und Edelwurz, die dem Schnaps unter anderem sein Aroma geben. Hinter einem Tresen Anistatia, studierte Archäo- und Astrologin, in einem schwarzen Abendkleid. Jared trägt Smokingjackett. Sie extrovertiert, Diva, er ein wenig schüchtern, gelernter Kellner. Anistatia: »Du mußt unbedingt von Winston Churchill und Lady Astor erzählen und von Franklin D. Roosevelt und von Ernest Hemingway und von Humphrey Bogarts letzten Worten.« Jared: »Ja doch, immer langsam.«

Vorauszuschicken wäre, daß das so ziemlich die letzten konkreten Wahrnehmungen der Kursteilnehmer sind. Denn Anistatia hantiert bereits mit einer Flasche Genever, Weißwein und Zimt. Sie sagt: »Die Geschichte des Martini ist umfangreich und verwirrend. Deshalb steigen wir besser gleich ein.« Und zwar volle Kanne, könnte man sagen, eine solche wird nämlich nun konsequenterweise herumgereicht. Plätschern in unseren mitgebrachten Gläsern, und wir kosten zunächst eine der Versionen, die als Vorläufer des heutigen Martini gilt. Kreiert haben soll sie 1763 J. P. A. Martini, Hofkomponist von König Stanilau in Lunéville. Eigentlich hieß er Johann Paul Aegius Schwartzendorf und kam aus Freistadt. Das Pseudonym legte er sich zu, weil damals gerade italienische Komponisten en vogue waren. »Sein Talent lag nicht unbedingt in der Musik«, meint Jared.

Der erste Lacher. Und der Abend hat passenderweise mit ernsthaftem Studium wenig zu tun. Es ist nicht so, daß wir erfahren, wie das Mischungsverhältnis eines perfekten Martini aussieht. Jared: »Vier Teile Schnaps oder sechs Teile zu einem Teil Wermut, ein Spritzer hiervon, einer davon, je nachdem, der Martini läßt Ihnen wie kein anderer Drink Wahlmöglichkeiten, und was Ihnen schmeckt, müssen Sie selbst herausfinden.« Es ist wohl auch nicht definitiv festzustellen, wie und wo der Cocktail entstanden ist. Anistatia: »Wir haben für unser Buch 400 Martinis getestet, und nicht nur hinsichtlich seiner Entstehung den Überblick verloren.« Immerhin schütteln und rühren und mixen und schwadronieren unsere beiden Übungsleiter so ungehemmt drauflos, inklusive eines ellenlangen Trinkspruchs von Jared, daß man schlagartig erheitert ist von dem unterhaltsamen Schauspiel. Angeheitert nicht minder.

Wissensdurst ist eine Sache, wahrer Durst trübt, wenn Alkohol im Spiel ist, naturgemäß die Sinne. Kann einem doch wirklich schnurz sein, ob der Martini erstmals im kalifornischen Martinez gemixt wurde für einen Goldgräber (Gin und Boker's bitterer Orangenextrakt). Oder vom Barmann des New Yorker Knickerbocker Hotel, Martini Di Taggia, erfunden wurde (für Mr. Rockefeller). Oder doch achtzehnhundertirgendwas von Jerry Thomas, dem berühmten Zaubermeister hinter dem Tresen des Occidential Hotel in San Francisco (für wen blieb sein Geheimnis)? Immerhin gilt als gesichert, daß Gin um 1650 herum in Holland als Nierentonikum entwickelt wurde und daß er sich, nachdem Wilhelm von Oranien König von England wurde, auf der Insel den Spitznamen »Mutter des Ruins« erwarb. Ganz London war besoffen. Als dort Wermut in Mode kam, entstand Gin-and-French. Und, als hätte man es geahnt, am Ende sind wohl auch am Martini irgendwie die Briten schuld.

Man kann Martinis nicht mögen, die Stories, die sich um ihn ranken, sind wunderbar. Churchill etwa, hören wir, hat täglich Martinis getrunken. Vorzugsweise dry, wobei es sich in seinem Fall um puren Gin handelte. Sein Tribut an den Wermut bestand während des Mixens in einer Verbeugung Richtung Frankreich. Lady Astor, seine Schwiegertochter, die ihn nicht leiden konnte, soll mal gesagt haben: »Sir, wäre ich Ihre Frau, ich würde Ihren Drink vergiften.« Darauf der »eiserne« Premier: »Madam, wäre ich Ihr Mann, würde ich ihn trinken.« Und damit zu den Amerikanern, die den Martini schon vor Churchill geadelt hatten. Roosevelt zelebrierte das Ende der Prohibition mit seiner persönlichen Lieblingsmischung (mit einem Spritzer Anisettelikör). Und Hemingway verewigte das Getränk in ›Über den Fluß und durch die Wälder‹, worin ein »Montgomery« vorkommt (15 Teile Gin, ein Teil Wermut). Der britische Feldmarschall Montgomery, heißt es, wagte Rommels Panzer erst bei einer Übermacht von 15:1 anzugreifen.

Wie wir alle wissen, hatte Hemingway eine kampferprobte Leber. Gottlob, denn der Martini hat dummerweise eine sehr problematische Seite. Er macht sehr schnell und dann erheblich betrunken. In unserem Fall macht sich das begleitet von sanftem Brennen in der Speiseröhre bemerkbar, während die ominöse Kanne unerbittlich kreist. »One, two, three, door«, habe er während seiner Zeit als Barkeeper seinen Gästen immer gepredigt, meint Jared, schließlich sei die Steigerung überaus fatal: »Four, five, six, floor.« Und von Dorothy Parker, einer ebenso begnadeten Schreiberin wie exzentrischen Partylöwin, stammt der unvergeßliche Vierzeiler: ›Ich trinke gerne Martinis/Doch sind zwei genug serviert/Nach dreien liege ich unter dem Tisch/Nach vieren unter dem Wirt.« War auch Mitglied des Zirkels im Algonquin. Und dann nehmen wir noch einen, diesmal mit Vodka.

Schule, die Spaß macht. Eine Frau in roter Bluse brabbelt lautstark und mit hochrotem Kopf. Ein Mann mit Brille und schütterem Haar fällt beinahe seiner Sitznachbarin ins Dekolleté und brilliert mit bewundernswert langweiligen Erzählungen aus seinem Büroalltag (»Ich schicke ja bloß noch E-Mails, glauben Sie mir, das Internet spart uns heutzutage soviel Arbeit ...«). Dazu wird ringsum Camembert mit unkontrollierten Messereinsätzen zerhackt. Und ein älterer Schwarzer leert sein Glas mitsamt Olive und sagt zwischen herzhaften Bissen zu Jared: »Was ist eigentlich der Unterschied zwischen Gin und Vodka?« Jared guckt verstört und ruft: »Um Himmels willen, schlucken Sie den Zahnstocher nicht runter! Das kann innere Blutungen verursachen!« Anistatia kichert in ihren Martini, der Galan im grünen Hemd fragt die Schöne: »Gehen wir nachher noch woanders hin?«

Erzählen wir noch, dass ein Martini mit einer Silberzwiebel »Gibson« genannt wird? Und einer mit einer mit Mandel gefüllten schwarzen Olive »Eight Ball« oder »Boston Bullet«? Und daß es auch Versionen mit Anchovis oder Zitronenbonbons gibt? Machen wir glatt. Und Erwähnung verdient auch, daß es flammt und flackert, wenn man eine Orangenschale hinter einem Streichholz zerquetscht. »Das sind aromatische Öle«, sagt Jared, »die geben Ihrem Martini einen besonders pikanten Geschmack.« Anistatia: »Man nennt es einen Smoky Martini.« Jared: »Smoking Martini, Smoky ist mit einem Schuß Scotch.« Sie, erheblich älter als ihr Gatte, leicht verärgert: »Du weißt mal wieder nichts. Smoky, sag ich.« Jared streichelt seinen Pferdeschwanz und mault: »Hör auf, so mit dem Fuß zu stampfen.« Anistatia: »Szenen einer Ehe.«

Das soll's gewesen sein über den Cocktail, der selig macht. Wer bis hierher durchgehalten hat, der hat eine Belohnung verdient. Die besten Martinis in New York gibt es in der Bar des Four Season's Hotel. Jared meint, dort wüssten sie vor allem mit Eiswürfeln umzugehen, denn »eigentlich macht das Schmelzwasser die Qualität. Ein guter Martini ist so kalt wie das Herz einer treulosen Frau.« Und Bogarts letzte Worte, so will es die Legende, waren: »Ich hätte nie von Scotch auf Martini umsteigen sollen.«

Fragen an den Kursteilnehmer
Katzenjammer und Kassensturz

Was lesen wir heute in ›Amerika auf der Schulbank‹?

Nichts.

Könnte es nicht ein bißchen weniger sein?

Sehr witzig. Der Verlag hat mir mitgeteilt, ein Leser habe sich beschwert. Ich würde mich über die Amerikaner lustig machen. Diesen Eindruck will ich nicht weiter verstärken.

Das wäre gar nicht nötig.

Was kann ich dafür, daß Learning-Annex-Kurse bisweilen schlecht getarntes Kabarett sind? Für den Fall, daß es niemand gemerkt hat: Das ist nicht Harvard oder Yale, Ivy League, der Stolz amerikanischer Hochschulbildung. Learning Annex ist Nachhilfe zum Billigtarif, und es kann schon mal vorkommen, daß man neben Schülern sitzt, die Sägespäne im Haar haben. Und was soll man darüber hinaus halten von Dozenten wie jenem, der angekündigt hatte zu zeigen, wie man Prominentenparties sprengt, Milliardäre und Politiker privat kennenlernt, und dann bloß erzählte, wie man sich eine Gratisreise nach Thailand erschwindelt? Daß man dabei unverschämt lügen und sich mit irgendwelchen Empfehlungsschreiben zum großen Reisebuchautor aufblasen muß, erübrigt weitere Kommentare. Soviel nur zu ›Gate Crashing 101‹.

Vom Zeitvertreib mit Stars und Sternchen hätten wir aber gerne ein wenig mehr erfahren.

Ich auch. Unser Lehrer, ein älterer Herr, konnte bloß von einem Galadiner in den sechziger Jahren berichten. Bei dem waren zwar John F. und Jackie Kennedy anwesend, er selber saß aber hundert Meter entfernt in der Ecke des Saals. Es reichte am Ende bloß für Kanapees vom Büffet. Muß es einem nicht grotesk erscheinen, wenn der gute Mann meint, damit habe sich ein Lebenstraum erfüllt?

Kümmern Sie sich um Ihre eigenen Träume. Ich will wissen, wie er da reinkam?

Er sagte zum Türsteher, er sei Journalist.

Na also, prima Trick.

Es war der einzige, den er hatte. Aber der hat bestenfalls vor 35 Jahren funktioniert. Heute kommt man nicht mal in einen Nachtclub, wenn Madonna dort tanzt. Und wenn jemand wie Sharon Stone oder Liza Minelli bei Versace an der Fifth Avenue einkaufen geht, sperren sie den Laden ab. Neulich kam Al Pacino aus einer New Yorker Bar. Der wurde von so vielen Bodyguards zur Limousine geschoben, als handele es sich um Salman Rushdie auf Sightseeing-Tour in Teheran. Wer in so einer Situation nach einem Autogramm fragt, muß befürchten, erschossen zu werden.

Wo waren Sie zuletzt?

Wo wohl? Bei ›How to Overcome Your Fears & Phobias‹, eine Einführung in die Kunst, Ängste zu überwinden.

Wie funktioniert das?

Laut Kursleiter muß man bei Angstschüben leicht in die Hocke gehen, die Arme angewinkelt nach vorne halten, die Finger zu Krallen formen und laut und vernehmlich »Chrrrrh« fauchen. Der Dozent nannte es »den Tiger-Atem machen«. Das ist eine Übung, die angeblich im Gehirn Stimulanzen erzeugt, die uns stark werden lassen. Es wirke, nebenbei bemerkt, auch bei Zahnschmerzen. Bei schwerwiegenderen Nöten solle man sich vorstellen, man sei ein Dinosaurier und trompeten wie ein Tyrannosaurus Rex.

Klingt putzig.

War es auch. Aber am Ende beschwert sich bloß wieder jemand, wenn man beschreibt, wie bescheuert eine ganze Klasse beim Tyrannosaurus-Rex-Machen aussieht. Stellen Sie sich vor, Sie gehen auf Pacinos Gorillas zu und machen einen auf Godzilla. Das kommt bestimmt überzeugend an. Wenigstens haben wir gelernt, daß man keine Angst vor Geschäftsessen mit dem Chef haben muß. Manche Menschen, meinte der Dozent, seien da immer ganz verkrampft und dann würden ihnen dauernd die Erbsen von der Gabel purzeln.

Und wie löst man das Problem?

Der Dozent sagte, er mische die Erbsen immer in den Kartoffelbrei.

Wollen Sie damit sagen, alles, was bei Learning Annex vor sich geht, sei Humbug?

Aber nein. Es gibt da ganz wunderbare Kurse. Der Rentner und Hobbyerfinder Stanley Mason, der mit Laubsäge, Papierschere und Geistesblitzen Millionär wurde, ist einer der pfiffigsten Menschen, die mir jemals begegnet sind. Abnehmen durch Hypnose war lehrreich, und bei psychedelischen Klängen vom Band bin ich sogar sanft entschlummert. Und dann war da noch die Nummer mit Striptease für den Geliebten. Kann ich wärmstens empfehlen – Damen aller Alters- und Gewichtsklassen, die auf den Knien rutschend laszive Verrenkungen machen und gebückt das Dekolleté vibrieren lassen. Und die Dozentin sagt gar nicht Spanner zu einem, sondern weist lieber auf die Adresse ihrer Website hin, auf der sie getragene Unterwäsche verkauft.

Finden Sie das nicht geschmacklos? Sie fordern Briefe erboster Leser geradezu heraus.

Wenn schon. Was kann mir schon passieren? Sollte die Post bedrohlicher werden und ich untertauchen müssen, rufe ich bestimmt den Privatdetektiv Vincent Parco an, der die Vorlesung ›How to Change Your Identity‹ gehalten hat. Das war nicht so doof, was der Mann erzählte. Spurlos verschwinden leicht gemacht.

Das war doch die Nummer mit der erschwindelten Geburtsurkunde als Passierschein in ein neues Leben, oder? Wer glaubt denn solche Räuberpistolen?

Dann lesen Sie mal die ›New York Times‹ vom 29. Mai 2000. Da steht auf Seite A 9 eine Story über einen Schweizer namens Hans Peter Bieri. Der hat in Kalifornien genau das gemacht: sich auf den Namen eines Mannes in seinem Alter das entsprechende Zertifikat ausstellen lassen. Damit beantragte er einen Führerschein und während eines Besuchs in Hawaii mit beiden Dokumenten einen US-Reisepass. Wäre Herr Bieri in Parcos Kurs gewesen, hätte er allerdings ein entscheidendes Detail beachtet – daß er sich nämlich für die Geburtsurkunde eine verstorbene Person raussuchen muß. Die Sache flog auf, als der Mann, dessen Identität Bieri angenommen hatte, von dem Schurkenstück Wind bekam und das State Department, also das US-Innenministerium, anrief.

Verkaufen Sie uns bitte nicht einen nebulösen New Yorker Schnüffler als Erfinder des tiefen Tellers.

Ich kann nicht behaupten, daß die Sache laut Parcos Spielregeln tatsächlich wasserdicht ist, der Unterricht war aber auf jeden Fall originell. Oder andersrum, man kann seine Zeit auch langweiliger verplempern. Überhaupt: Ob Bücher schreiben lernen im Schnellverfahren, Unterricht in amouröser Kommunikation oder Einweisung in den Aktienmarkt –

ein bißchen was zu lernen gibt es bei Learning Annex immer. Wenn man vorhat, eine Immobilie zu kaufen, sind 39 Dollar für den Kurs ›How to Buy a House‹ gut angelegt.

Sie meinen wohl, die Erkenntnisse aus solchen Seminaren sind zumindest probate Gebrauchsanleitungen.

Absolut, aber Gebrauchsanleitungen sind nicht das einzige, was man mitnehmen kann. Seit dem Besuch beim Schamanen Wallace Black Elk möchte ich als Lakota-Indianer wiedergeboren werden. Und dann gab es noch eine Klasse mit dem Titel ›Overcoming Adversity‹. Mit Unglück, Elend, Not umgehen? Das paßt, denkt man sich an einem stickig heißen New Yorker Sommertag, an dem einem die Bank mitgeteilt hat, daß ein großer Scheck geplatzt ist, der Nachbar mal wieder stundenlang Heavy Metal bis zum Anschlag gehört hat und einem während des Feierabendverkehrs die Menschen in der U-Bahn ihre verschwitzten Achseln gegen die Wange drückten. Und was passiert?

Jemand sagt Ihnen, daß man in New York zwangsläufig meschugge wird?

Ganz so abwegig ist die These nicht, aber es kam ganz anders. Man schleppt sich also die Treppe einer High School hoch und begegnet Silvie Grohs-Martin, einer ungeheuer charmanten, liebenswürdigen alten Dame, die ihre Familie verlor und die nach Auschwitz deportiert wurde. Und diese Frau erzählt nun ihre schreckliche Odyssee ohne Weinerlichkeit und Verbitterung und beschwört einen dabei ständig, nie aufzugeben, stark zu sein und an das Schöne im Leben zu glauben. Wenn diese Frau Ihnen am Schluß ihr Buch signiert, Ihnen dabei zuzwinkert und schreibt »Meine besten Wünsche für ein wunderbares Leben«, dann möchten Sie am liebsten weinen und hören bestimmt auf, über Ihr ach so kompliziertes Leben zu jammern.

Selbst die absonderlichsten Kurse bei Learning Annex erfreuen sich größter Beliebtheit. Wie erklärt sich das?

Amerikaner glauben anscheinend, man könne alles und vor allem ruckzuck lernen. Die denken rundum positiv. Warum sich mit marginalen Fragen aufhalten wie: Wie soll man Französisch in drei Stunden lernen? Man muß nicht alles so kleinkariert sehen. Amerika liebt Fiktionen, und die können gar nicht groß genug sein. Auch wenn mal etwas nicht funktioniert: Hauptsache, man behält das Ziel im Auge. Amerikaner arbeiten nicht für die Rente, sondern für den amerikanischen Traum, sie hadern nicht mit unerfüllten Sehnsüchten und Wünschen, sondern probieren einfach aus, wovon sie sich Geld, Gold, ein sorgenfreies Leben oder auch nur ein bißchen Spaß versprechen. Kurzum, sie lernen weniger in der Schule fürs Leben, sondern mehr im Leben für den nächsten Tag.

Weshalb es Leute gibt, die Mitte 30 ein halbes Dutzend verschiedene Berufe hinter sich haben?

Für Karrieren braucht man hier nicht unbedingt ein Diplom; ein bißchen Mut, Eigeninitiative und eine tolle Idee tun es auch. Das Motto »Vom Tellerwäscher zum Millionär« ist zwar ein wenig abgegriffen, aber immer noch kein hohles Klischee. Man kann sich schon vorstellen, daß Schulen wie Learning Annex in dem einen oder anderen Fall wie eine Initialzündung gewirkt haben.

Apropos, welche Art von Funken hat ein Kurs wie ›How to Make Someone Fall in Love with You‹ bei Ihnen geschlagen?

Das war eher ein Kurzschluß. Kurse dieser Güteklasse sind stets ein bißchen Etikettenschwindel. Das weiß jeder und gilt im übrigen auch für ›How to Marry Rich‹, nicht nur weil Frauen dabei unvergleichlich bessere Karten haben. Unsereins hat bei der Lektion, wie man Mitmenschen dazu bringt, sich in einen zu verlieben, auch nicht unbedingt ein Patentrezept bekommen für die Eroberung des schönen Geschlechts. Frauen, lernten wir da, wollten Komplimente hören, in romantische Restaurants ausgeführt werden und einen Begleiter mit goldener Kreditkarte. Erschütternde Erkenntnisse, nicht wahr?

Nun werden Sie ironisch: Immerhin gab es auch Klagen über frauenfeindliche Tendenzen in Ihren Texten.

Blödsinn! Noch mal: Was soll man denn machen? Die Klassenräume von Learning Annex werden dominiert von, vorsichtig formuliert, manchmal sehr eigenwilligen Damen – zumindest da, wo ich war. Aber könnte man das nicht so deuten, daß amerikanische Frauen lernwilliger sind als ihr männliches Pendant? Daß sie mehr Mut haben, Veränderungen in ihrem Leben anzustreben? Wer, das müssen wir angesichts spärlicher männlicher Kundschaft mal so in den Raum stellen, nicht lernen will, muß dumm bleiben. Maskuline Leidenschaften? Nicht ganz so prickelnd. ›How to Do Barbecue‹ oder ›How to Play Baseball‹ gibt es bei Learning Annex nicht.

Welcher Kurs wäre nach Ihrem Geschmack gewesen?

›How to Drive Your Woman Wild in Bed‹. In der Ankündigung stand immerhin, man würde etwas über Zungentechniken lernen, und zwar andere als die, an die jedes phantasielose Mannsbild denkt. Sind damit etwa Lippenbekenntnisse gemeint? Und: Wie verhält sich eine Truppe erotisch frustrierter Kerle, trauen die sich, über ihre Emotionen und sexuellen Schwachpunkte zu sprechen? Sind wir, wie zu befürchten steht, tatsächlich im Bett Dilettanten, die nur außerhalb des Schlafzimmers den wilden Mann markieren? Fragen über Fragen. Das wäre bestimmt aufschlußreich geworden, ist aber leider zweimal ausgefallen. Außerdem fand die Redakteurin das Thema nicht so toll.

Selber schuld.

Tja, wenn man mal richtig männerfeindlich sein könnte, darf man nicht.

Moment mal, Sie waren doch in der Klasse für angehende Pornostars.

Ha! Da war ich sehr wohl, und die war wirklich männerfeindlich. Wie ich mit ratlosem Entsetzen erfahren durfte, beschränken sich Karrieren in diesem Gewerbe, mit wenigen Ausnahmen, für die Herren der Schöpfung nur auf den Platz hinter der Kamera. Warum, habe ich dummerweise nicht genau verstanden.

Do it again, wie der Amerikaner sagt. Der Kurs findet sicher bald wieder statt.

Ohne mich, mein Verlangen nach amerikanischen Schulbänken ist gestillt. Auch wenn ich nun auf meine heimlichen Favoriten ›How to Talk to Your Cat‹, ›How to File for Bankruptcy‹ und ›Chocolate Tasting‹ schweren Herzens verzichten muß. Katzenjammer, Kassensturz, Kakao für die Seele – alles große Themen, aber irgendwann ist Schluß. Schließlich haben mir meine zahlreichen Kursbesuche nicht nur die VIP-Nummer 0199 R S M und ein Gratisabo des vierteljährlichen Programmhefts eingebracht, Learning Annex ist am Ende sogar in meine Privatsphäre eingedrungen. Dr. Marge, die uns instruierte, wie man nett ist und sich dabei nicht zum Trottel macht, schreibt mir regelmäßig Postkarten und lockt darauf mit Einladungen zu Therapiesitzungen in ihrer Praxis. Außerdem kam doch dieser Tage tatsächlich ein Buch mit der Post: ›Why Man Can't Listen and Women Can't Read Maps‹. Ein Geschenk für den treuen Kunden, einfach so, stand im Begleitschreiben. Ich glaube aber, die wollten mich eher animieren, zum gleichnamigen Kurs zu gehen.

Sind Sie etwa nicht?

Seien Sie mir nicht böse, das geht doch ein bißchen zu

weit, das ist doch wohl Jonglieren mit doofen Klischees. Frauen können durchaus Landkarten lesen und Männer können zuhören.

Männer und zuhören – sind Sie sich da ganz sicher?

Ehrlich gesagt, nicht unbedingt. Wenn ich an dem Seminar teilgenommen hätte, wäre ich auf jeden Fall schlauer. Sehen Sie, es ist verflixt, schon meldet sich wieder die Neugierde. Das ging mir die ganze Zeit so mit Learning Annex. Irgendwie hat man das Gefühl, man könnte was verpaßt haben.

Das läßt vermuten, daß die amerikanische Schule des Lebens doch noch zur Obsession wird.

Möglich ist alles, das habe ich jedenfalls gelernt. Doch mein Entschluß steht fürs Erste fest. Neulich klingelte bei mir zu Hause das Telefon. Dran war der Dozent der Klasse ›How to Negotiate with God‹, ein Rabbi, der mich persönlich zu seinem Vortrag einladen wollte. Ich fragte anstandshalber, worum es denn bei seinem Vortrag in etwa ginge. Der Mann meinte: »Wollten Sie nicht schon immer wissen, wer Gott ist? Haben Sie sich nicht immer schon gefragt: Steht ER in der Ecke oder sitzt ER in der Tasche, ist ER Superman?« Darauf ich: »Oh ja, das frage ich mich dauernd.« Ich konnte förmlich hören, wie der gute Mann sich freute. Erregt rief er: »Sehen Sie! Ich muß Ihnen aber leider sagen, daß Sie vielleicht eine Vorstellung von Gott, aber noch keine Ahnung von IHM haben.« Ich mußte dem ausgesprochen netten Rabbi leider sagen, daß es nicht nur auf IHN bezogen in meinem Fall wohl oder übel dabei bleiben wird.